粋と野暮 おけら的人生

畠山健二

廣済堂出版

第四章 粋か野暮か

あとがき

装画　三木謙次
装丁　城井文平

粋と野暮　おけら的人生

まえがき

私は作家である。ペンネームはまだない。

などと、冒頭から文豪の小説をパクッてしまう矜持《きょうじ》のない作家だ。

今のところ、ナントカ文芸賞なんてえものを受賞したわけでもなく「えー、そんな作家、いるの？」という声があちこちから聞こえてくるけど。

こころみに、『広辞苑』で「作家」を引いてみたら「詩歌・小説・絵画など、芸術品の制作者。特に、小説家」と書いてある。この字義にもとづけば、小説家のことをとりわけ作家っていうんだな。どっちだっていいけど。作家とか小説家っていうのは何を条件に名乗っていいのかよくわからない。

ならば、わが足下を振り返ってみようか。

近頃の私は、『本所おけら長屋』（ＰＨＰ研究所）という時代小説のシリーズものを書きまくっている。この作品は、江戸の長屋を舞台に、そこの住人たちが章替わりで主役を張ったオムニバス風の群像小説だ。爆笑、破顔、落涙、号泣、なんでもあり。感情機微の百貨店ともいえる作品かもしれない。ありがたいことに、巻を重ねるごと好評に拍車がかかり、ロングセラーとなっている。「洛陽《らくよう》の紙価を高める」とはこういうときに使う言葉なんだろうな、きっと。自分の人生でこの言葉を使える日が来るなんて、思ってもみなかった。うれしい限りだ。

そんなわけで、『広辞苑』の字義と、私が直面している日々のなりわいを照らしてみれば、今の私はやっぱり作家であるにちがいない。

昔からコラムやエッセイなんかを雑誌に連載してきたから、なんとなく作家になっていたような気ではいた。でも、時折、「こんなんでいいのかなあ」とちょっとした不安がよぎることもあった。そして次第に「小説を書かなきゃ作家じゃねえんだろな」というわだかまりが頭の上に覆いだしてきた。そう、小説っていうのは作家の王道なんだ。と。

そこで知命《ちめい》、つまり五十の坂を越えたあたりに、エイヤッと小説を書いてみた。そして『おけら』が売れた。自分でも驚いた。その結果、自他ともに認める作家となったようだ。

作家という生き物は売れてナンボだと思っている。本を出したからって作家気取りでいる人もいるけれど、作家という看板で生活できてる人なんて、この世にそうそういるもんじゃあない。全作家の中の一パーセント程度だという話も耳にする。私はその末端に入ったことになる。ラッキーだったなあ。食える作家になれるなんて。

とはいえ、すべては私の本をお買い求めくださり、たゆまず読んでくださっている読者のみなさんのおかげだ。足を向けては寝られない。お世話になってる方々は日本中各方面にいらっしゃるわけだから、こうなりゃもう、私は立って寝るしかない。心底ありがたいと思っている。

作家を強く意識するようになったのはここ数年来のことだ。世間的には、作家は文化人にカテゴライズされる。でも、そのような扱いをされると、身体中が痒《かゆ》くなり、逃げ出したくなる。申し訳なくなってしまうのだ。世間の人たちが持つ文化人の条件をまったく持ち合わせていないからだ。

まず、小説をまるで読んだことがない。難しい本など、とても読めない。小学校の頃からの習性だから、いまさら直りはしない。まあ、還暦を過ぎたあたり、人生も後半の乙なところにさしかかってきているんだから、もうあきらめて棺箱《かんばこ》に向かうしかあるまい。読書はしないけど、それでも毎日、早朝に起きてはせっせと小説を編み込んでる。だから、小説をひもとかない作家がいてもあり！　ということだろう。書くと読むとは違う回路がつかさどっているんだろうなあ、きっと。

普通の作家先生というものは、原稿を出版社に渡したら、あとは版元におまかせでいるらしい。だが、私はそんな中途半端なことで終わりにはしない。全国の書店を行脚しては、店員さんに土下座をし、足下にすがりつき、号泣して自著を平積みしてもらう。それもいちばん目立つところに置いてもらうように説得し、交渉する。とにかく、私は全国の書店を行脚しまくった。

無名の私なんかが書店に行ったところで、まったく相手にしてもらえない。

「はあ？　畠山？　時代小説？　畠中先生なら知ってるけど……」

「いま忙しいんですよ。一昨日《おととい》来てもらえますか」

そんな対応をされても、心を折らずに「そこをなんとか……」と粘り抜く。そして、一店舗でも多く平積みにしてもらい、店長さんや店員さんには私の小説を読んでもらうように懇願する。私にとって相対する人のおとがいを解かせることなんぞは朝飯前だ。

「美しい。結婚してください」

そんな軽口をたたいては、店の人たちと胸襟を開いてツーカーとなって、サイン会、トークショー、講演会と、少しずつチャンスを探り出していく。本が売れるならなんだってやる。汗水たらして命を削る思いで書き上げてきた話の数々。それは、私には珠玉の連なりなのだ。一冊でも多く売れてほしい。読まれてほしい。だから必死になる。真剣に向き合う。

こういうのって、ふつうは版元の営業部員がするのかもしれないが、じつは私、けっこう得意とするところなのだ。これまでの私のすべてのキャリアを背負い込んでの勝負といえる。笑いを取るのが勝負の分かれ目ともいえるだろう。作家業界では類をみないシークエンスなのだから。

人は誰でもそうなのかもしれないが、今、私がこんなことをしているのは、これまでの人生の反映、言葉を換えれば、よい意味でのしっぺ返しなのだと思う。なにか、えも言われぬ必然性があるのだと強く感じる。

それならば、ここでちょいとおのれの来し方を振り返ってみようかと思う。私が自身の再確認をすることは、読者のみなさんにとっては、私が日頃隠している部位にちょいとばかり触れる思いがするかもしれない。その確かな手触りがどこの部位にあたるのか、ここではなんともいえないが。

この一風変わった畠山健二なる男が、どんなふうにでき上がっていったのか。どんな経験を踏んで長じていったのか。どんな人生観や価値観を持ち合わせているのか。そのためには何が必要だったのか。畠山健二のスタミナ源はズバリなんだったのか。生きる原動力、書き続けられる持続力、その正体は？

みなさんは「そんなの知りたくもねえよ」と思うだろうが、私は知りたい。私は風変わりな作家というばかりではなく、人間としてもちょいと変わっているようだろうから。

こんな話をしていけば、さらには『おけら』誕生の秘密にも触れることになるかもしれない。なんでこんな小説を作り上げてしまったのか。その背景には何があったのか。評論家ならいくつかのキーワードを並べて説明がつくのかもしれないが、こさえた人（私のこと。念のため）とこさえられた人たちとの混然一体のカオス。虚実皮膜《きょじつひまく》の世界が漂っているかもしれないし。うーん、いよいよ私自身が読んでみたくなってきたぞ。

読者のみなさんには、なんとも迷惑な一冊になりそうな予感を抱きつつ、さて、始めてみようか。

第一章

私、畠山健二のこと

本名で書く理由

よく聞かれる。

「どうして本名で書いてるんですか」

「ペンネームは使わないんですか」

深く考えて本名にしようと決めたわけじゃない。ただ、こんなエピソードが心に残っている。

こう見えても私は、小中高の先生方といまでもおつきあいさせていただいている。クラスメートとはそれ以上のつきあいではあるが。

小学校三年生の担任は女性教師だった。その先生は妊娠・出産で、教職をお辞めになった。当時は産休とか育休とかは行き届いてはいなかったのだろう。先生とはわずかの間のかかわりだった。その後は音信不通。

二〇一八年（平成三十）一月、東京新聞で好評の「私の東京物語」欄に連載したとき、その先生が読んでくださっていたらしい。なにかの機会に再会した教え子、つまり私の友人に尋ねた。

「東京新聞に連載してる畠山健二って、あの畠山君なの？」

「そうですよ。何かの間違いか、気の迷いで作家になったんです」

その後ほどなく、先生とは再会の機会を得た。五十年ぶりだった。先生は喜寿。私も喜んだ。

「新聞連載の主があの畠山君だと知り、ものすごくうれしくて十回分全部切り抜いたの」

あちゃー。連載の中には「吉原決死隊」なんていう回もあったしなあ。先生はどんな思いで読まれたのだろうか。うーん、忸怩《じくじ》たる思い……。本名で書いてるとこんなすてきなこともあるんですよ、という心温まるエピソードを語るつもりだったのだが。

しかしまあ、作家という稼業は、おのれの恥部や秘所をさらすことだって避けられないもの。このくらいで恥ずかしがっていてはいられない。もとより、私には、そんな羞恥心など微塵もない。ならば好機。これから、少しずつさらしていくとしよう。

目黒生まれの謎

ほとんどの人にはどうでもよいことだろうが、私は一九五七年（昭和三十二）の八月、逝く夏を惜しむ頃合いのある日、東京は目黒で生まれた。乙女座である。

「え？　下町の生まれじゃなかったの？　なんで？」

奇異に感じる方もわずかにいらっしゃるかもしれない。種を明かせばなんのことはないのだが。まあ、聞いてください。

房総半島の突端あたりで生まれた祖父は、志抱いて郷関《きょうかん》を出た。当時の本所区（現・墨田区）の鉄店に職を得た。戦前の、遠い昔の話である。

彼は粉骨砕身に努め、その精励精勤ぶりが評価されてか、鉄店の経営を譲り受けた。つまり、丁稚《でっち》から這い上がっていき、小さいながらも下町の鉄鋼所の社長に昇り詰めた。

小さなサクセスストーリーである。

私の精神のどこかに「人は必死に頑張れば必ずうまくいく」という確たる楽観が漂っているのは、祖父の実例を見知っているからなのかもしれない。

祖父は結婚して子をなした。その一人は私の父である。時代はやがて戦争の泥沼に。太平洋戦争では東京の下町はひどい目にあった。一九四四年（昭和十九）十一月から始まった、米軍の本土空襲である。とりわけ、四五年（昭和二十）三月十日の大空襲で、下町は焦土と化した。あたり一帯丸焼けだ。父は錦糸公園に逃げてなんとか生き延びることができたそう。隅田川方面に逃げたらお陀仏だったろう。

ご多分に漏れず、畠山の家と鉄鋼所のある本所四丁目あたりも、灰燼に帰した。その悲惨で凄烈なありさまは、祖父母や両親から何度も聴かされてきた。道路のいたるところには焼死体が山積みにされていたそうだ。

一九七八年（昭和五十三）から隅田川の花火大会が再開した。祖母は、花火の炸裂する爆音を聞いて、空襲の再来かと怖がっていたっけ。

一九五四年（昭和二十九）の映画『ゴジラ』。品川沖に左足から上陸したゴジラは山の手や皇居なんかには見向きもせずに海岸線を北上、下町一帯をなめるように闊歩して破壊の限りを尽くした。神をも恐れぬその所業。下町の住人には空襲の再来ともいえる、踏んだり蹴ったりの椿事だ。私が怪獣映画にいまだ無関心なのも、なにか関係するのかもしれないな。あの『シン・ゴジラ』も石原さとみを見ていただけだ。

父は、旧制の関東商業学校（現・関東第一高校）から中央大学法学部を出て、祖父が経営する「島田鉄鋼」に就職した。約束された、次期社長である。下町の中小企業にはありがちな同族経営ではあるけれど。

やがて父も結婚した。戦後十年が経ていた。昭和三十年の頃はすべてにまだ余裕はなく、いや、新婚だからこそか、確たる理由はわからないのだが、ともかく親元から距離を置こうとしたのだろうか、目黒区下目黒に居を構えた。本所には祖父母が住む家と鉄鋼所があるわけで、おそらく手狭だったのだろう。それにしても目黒と本所とは東京の東と西。地理的に対極ともいえる。

新婚生活の初々しさが二人の子をなさしめた。二歳違いの兄と私である。

一軒家と呼ぶにはやや大振りの三階建てには、鉄鋼所の従業員も寝泊まりし、お手伝いさんも常時二人はいたろうか。家中がにぎやかだったという印象が残っている。朝になれば、父も従業員のお兄さんたちも本所まで出勤する。母とお手伝いさんは食事の準備と後片付けで大わらわ。

後述するが、やがて祖父は本所に住まいと工場を一体化させた建物を新築する。その結果、祖父母とわれわれ家族が同居することになり、私が小学六年生に上がる年に本所に転居した。種を明かせば、なんということもない話だな。

記憶のない頃

山手線目黒駅から権之助《ごんのすけ》坂を下り、山手通りを越えず、目黒川のあたり、といえば、なんとなくわかる方もいらっしゃるだろう。目黒区だから山の手かといえば、そうでもない。山どころか谷だ。地理的には下町である。

私が生まれた一九五七年（昭和三十二）の日本はまだまだ貧しかった。その前年の経済白書に「もはや戦後ではない」とか高らかに記されはしても、汲み取り便所が主流だったからバキュームカーが走っていたし、未舗装道路も多かった。電話のない家も多く、急用があるときには走って近所に知らせたものだ。

今と比べればたしかに貧しかったのだろうが、当時の私には比べるものもないから、そんなものだろうと生きていた。東京オリンピックもまだだったしなあ。

それよりもなによりも、私の場合、生まれて間もない頃の記憶がまったくない。『七人の侍』の監督で有名な黒澤明は、一歳の頃の記憶を有していたとかいう話だが。彼に比べれば、私はとろい子だったのだろうか。語れる記憶がまるでないのだ。せめて、おじさんかおばさんがお祝いに買ってくれた木馬に乗っかった写真でも残っていれば、と地団駄を踏む。「トロイの木馬」なんてほざいて……。今日はギャグのキレが悪いなあ。

行人坂幼稚園

記憶に残っているのは幼稚園の頃からだろうか。行人坂《ぎょうにん》幼稚園というキリスト教系の幼稚園で、目黒雅叙園《がじょえん》の近く、権之助坂と行人坂の間にあった。今は教会だけがある。

この私はなんと、日々、聖書のエピソードを聴きながら園児として育った。後年、物語を編むことをなりわいとするようになった下地はここにあったのだろうか。とりわけ、キリスト生誕に際して東方の三博士がやってくるくだりにはいつも感動したな。ベツレヘムから遠く離れているのにあいつら、なんで知ったんだ。その数年後、東宝映画に魅せられていく啓示だったのだろうか。神の力は侮れない、ということか。

押し入れの奥から、幼稚園の卒園アルバムを引っ張り出してみた。表紙には「1963年第20回卒園　行人坂幼稚園」とある。卒園は一九六四年三月だったから、「1963年度」という意味なんだろうな。私のクラスは二十七人で、今でもつきあいのある友人が二人いる。写っている母親の半数以上は和服だった。時代を感じさせるなあ。

ソ連チームに憤る

東京オリンピックが開かれた一九六四年（昭和三十九）、三月に幼稚園を出るや、四月には目黒区立下目黒小学校に入学した。一学年は三クラスで構成されていた。全校生徒数は八百人規模。この学校こそ、私のかなりの部分をはぐくんでくれた愛すべき学び舎である。

山手通りを走る聖火ランナーを応援するため、沿道で一列に並び小旗を振っていたっけ。だけど、私自身のオリンピックの思い出はおぼろげだ。だが、はっきりと覚えている場面がある。

柔道、無差別の決勝。アントン・ヘーシンク（オランダ）対神永昭夫である。五輪最終日の前日、つまり十月二十三日のことである。大男のヘーシンクに分があることはわかっていた。だが、東京オリンピックから採用された日本のお家芸、柔道が無差別で負けるなどとは許されないことなのだ。神永は負けた。神永が押さえ込まれたとき、いつもは冷静な父が卓袱台《ちゃぶだい》を拳で叩きながら大声を出した。その場面は脳裏に焼き付いている。

父親ばかりではない。日本中のオヤジが悔しがったのだ。でもそれは、予想外で負けた、というのではなくて「ああ、やっぱりね」というかんじの嘆きだったようだ。ヘーシンクの強さはみんなうすうす感じていたのだ。柔道は日本のお家芸とはいえ、国際化に向かっていくには金メダル一個くらいは海外選手に甘んじてもよかったのかもしれない。この一事があったからこそ、今や柔道は立派な世界競技に成長しているのだろう。

遠のいた東京五輪の記憶の中で、今でもまざまざと強烈に覚えていることがもうひとつある。

日本とソ連（現・ロシア）が必死のつばぜり合いを演じた、女子バレーボールの決勝である。これも二十三日のことだったなあ。

試合の模様をテレビで見ていた。ソ連チームは長身ぞろい。その中の一人がものすごい形相で「このネットは規定よりも低いんじゃないのか」なんて言って、審判に抗議していた。「なんだ、こいつら。せこいねえ。日本がそんな卑怯なことするわけねえだろが。おととい来やがれ」と心底腹が立った。長じて後、錦糸町あたりで長身痩躯《そうく》のスラビッシュな美女を見かけるたびに、私はあのときの光景をめらめらと思い起こすのである。

なので、私はロシアンパブには行かない。

目黒という街

目黒の思い出は坂が多いこと。行人坂はとんでもなく急な勾配で、自転車一気上りに何度も挑戦したが、一度も成功しなかった。

権之助坂を上りきるとJR目黒駅にたどり着く。当時は「国鉄」と称していたな。懐かしい。まーるい緑の山手線。そう、山手線の駅である。いつも腑に落ちないのだが、目黒駅は品川区だという。そして、品川駅は港区。クイズ番組の定番知識だ。まあ、それはともかく。

彼女に会えれば恵比寿顔
親父が生きてて目黒いうちは
私もいくらか豪胆だ（五反田）
おお先（大崎）真っ暗恋の鳥

彼女に贈るプレゼント
どんな品がわ（品川）良いのやら

柳亭痴楽《りゅうていちらく》（四代目）の「恋の山手線」、目黒駅あたりのくだりである。苦しまぎれの語呂合わせだなあ。小林旭になるとどうなるか。

顔は恵比寿にかぎります
目黒のさしみか天ぷらで
あたしご飯だ（五反田）いただくわ
今日はあなたの月給日
まずお先（大崎）は買い物よ
どの品がわ（品川）がいいかしら

うーん、似たようなもんか。いくら日活のマイトガイ・小林旭が歌ったところで、落語評論家・小島貞二の作詞だから、どうしても落語調にはなってしまうよなあ。だったら「目黒はサンマに限ります」「乙な女郎と品川心中」にしてほしかったな。

これって、痴楽へのオマージュだったらしいけれど、本歌と似てるような似てないような。はっきりしない。いまいちだ。

ともかく、一九六〇年代に湧き起こった、この奇妙な二つのムーブメントによって、目黒を含めた山手線の駅名は全国的に知られるようになっていったらしい。田舎のクソガキが山手線の駅名をそらんじてはまだ見ぬ首都に思いをはせる。やがて「オラも東京さ行くだー」と意を決するに及ぶ。そして本当に東京へと出てきてしまうのだ。東京都の人口超過のお先棒を担いだ歌だったわけだな。痴楽も小林旭も罪である。

ま、目黒は、「目黒のさんま」という落語ですでに知られてはいたようだが。落語といえば、目黒名人会という寄席もあった。当時の私は桂文治（十代目、当時は二代目伸治）や林家三平（初代）が好きで、時々覗いていていたな。

目黒スカラ座へ

目黒駅の周辺には、というか、権之助坂沿いには、映画館がいくつかあった。目黒駅西口から下っていくと、右側に目黒ライオン座と目黒金龍座、目黒パレス座が続き、さらに下ると左側に目黒スカラ座と目黒東宝があった。ライオン座と金龍座はひとつの建物に一階と地下一階で洋画と邦画を上映していた。新東宝の直営館だったそうだから、オーナーの大蔵貢が直接経営していたという。

大蔵貢の弟が近江俊郎。「湯の町エレジー」なんかのヒット曲を持つ歌手でありながら、兄貴の影響もあってか『００６は浮気の番号』といった新東宝作品の監督も器用にこなしている。テレビでは気さくなおじさんとして歌謡番組の審査員なんかしていたな。まさにタレント。才人である。

兄貴は名うての怪人だ。愛人を女優にしたとか、女優を愛人にしたとか。堂々ととりすましてやってのけていた。新東宝と大蔵映画の関係性が私にはいまいちわからないのだが、子供心には、おどろおどろしい映画は新東宝、品性芳しからぬエロ映画は大蔵映画という棲み分けがあるように、看板からは感じ取っていたものだ。

なによりも目黒は大蔵貢系映画発祥の地だという。ライオン座と金龍座はその後、目黒シネマと名を変えて生き残っている。今日でも二本立て名画館で奮闘中だ。目黒とエロ映画の関係。驚いたなあ。

私がなじんだのは、残念ながら大蔵系の映画ではなかった。目黒スカラ座と目黒東宝で見た一連の作品である。それが東宝もの。東宝こそが私の人生を明確に方向づけてくれた。始まりは目黒スカラ座（洋画系）と目黒東宝（邦画系）という、一つの建物に二つの上映館があったところから出発する。ここによく父親に連れてこられて映画を見たのだ。思えば、ここで私の芸術鑑賞能力も決定されてしまったというわけだ。

東宝の映画

当時、つまり私が映画に目覚めた一九六〇年代、大手の映画会社は六社あった。東宝、新東宝、大映、松竹、東映、日活。それぞれに特色があった。私にはそれらの映画会社がどんな特色の映画をつくっていたかを説明できた。小学生の頃にすでに言えていたのだ。マセたガキ、怖るべき子どもであった。

一九五三年（昭和二十八）から始まった「五社協定」というもので、監督も俳優も映画会社に縛られていた。基本、他社の映画には出られなかったし、つくれなかった。これは、日活が他社の俳優をせっせと囲い込んだことに弱った他社が日活包囲網として始めたわけだが、五八年には当の日活も協定加盟を申し入れてきて、六一年に新東宝が倒産するまでは六社協定だった。これは金科玉条で、「抜けたい」と言い出す俳優や監督をとことんいじめ抜いた。たとえば、怪獣。ゴジラは東宝、ガメラは大映だ。だから、『ゴジラ対ガメラ』という作品は五社協定に抵触するため、できっこなかったのだ。この鉄の協定は映画産業が衰退して、大映が倒産する一九七一年（昭和四十六）まで続いた。日本映画界の「ベルリンの壁」ともいえるかもしれない。

話を戻そう。

当時は東宝の全盛期だった。これには理由がある。

東宝の作品には、他社にはない際立った特色があった。カラー作品が多い。都会的で向日的。日本語を話す外国人が登場する。エロいシーンが少ない。なのに、専属女優がバタ臭い美人ぞろい。重山規子、北あけみ、団令子、藤山陽子、若林映子、浜美枝なんかがいたっけ。彼女たちのスラリとした肢体を思い浮かべると、今でもときめくよなあ。

とまあ、こんなかんじだから、東宝映画は小学生でもたっぷりと楽しめる。怪獣映画は東宝のお家芸だったわけで、全国のほとんどのガキどもはゴジラやモスラにシビレてたんだろうが、私はちょいとようすが違ってた。怪獣映画にはまるで興味なし、だった。世の中にはそんなレアガキもいたのである。

私は、加山雄三の「若大将」シリーズと植木等の「日本一」シリーズばかりを見ていた。これらは怪獣ものの併映で、大多数のクソガキが「こんなのは、どーでもいいから、早くゴジラが火ィ吹くの見せろってーの」と内心いらついてたとき、私はわくわく気分で銀幕の世界に魅せられていたのだ。

東宝は当時、四大喜劇シリーズが看板で、ほかにも「駅前」シリーズと「社長」シリーズが人気だったようだが、ガキの私にはまったく不向きだった。「若大将」と「日本一」。

これだ。どれも高度成長期のお気楽な内容で、主人公には深い懊悩《おうのう》や煩悶《はんもん》などはさらさらなく、人生の奥深さなどもまるでないのだが、これがいいのだ。このことが原因となったのか、今でも難解な映画や芝居は五分と見ることができない。困ったものだ。

C調男をめざす

二〇〇七年（平成十九）三月二十七日、植木等が亡くなった。享年八十。そのとき、自分の中で一つの時代が終わったと思った。

小学生のとき、容姿、学力、家柄などから判断して、若大将＝加山雄三になることをあきらめた私は、C調男＝植木等をめざそうと決めていたからだ。

どうでもよいことではあるが、この「C調」という言葉、これは「調子いい」を「ちょうしー」と読み、その前後をひっくり返して「しーちょー」と言ったことに由来する。軽佻浮薄で調子のいい人、そういった状態をさす。その明るくて単純な音調のC調＝ハ長調に引っかけて、一九六〇年代あたりからジャズマンを中心に使われた楽屋うちの隠語だったという。植木等の登場あたりから全国的かつ一般的に使われるようになっていったのだろうな。濁音がないからすごく言いやすい。植木等も濁音ないし。いい調子だ。植木等の映画を見たとき「これだ！」と思った。この男の生き方こそが私の生き方になるんだ、と。私の頭の中では「C調＝植木等＝畠山健二」という図式になっていったのだ。

私は、『日本一のゴマすり男』（一九六五年）、『日本一のホラ吹き男』（一九六四年）、『日本一のゴリガン男』（一九六六年）などの諸作品に完全に魅せられた。話は単純。それこそC調なのだ。

たとえば、『日本一のゴマすり男』のストーリーはこんなかんじだ。

中等《なかひとし》（植木等）は後藤《ごとうまた》又グループの系列、輸入車販売の後藤又自動車に補欠入社。実力だけでは出世はできないことを入社日に痛感し、ガラリと方向転換。徹底したゴマすりに励む。あくなきゴマすりは係長⇒課長⇒部長⇒常務⇒社長と進んでいって、親会社の大社長（東野英治郎）攻略へと進んだ。大社長の令嬢鳩子（中尾ミエ）は飛行機マニア。等はあるパーティーで彼女と知りあう。飛行機操縦できるとフカしたことで、飛行機を操縦することに。いざ乗るや、等が無免許なのがバレた。なんとか着陸したが、鳩子からは当然絶交された。

ここからが植木等のお得意、どん底からのウルトラV字回復となる。

太平洋を小型飛行機で単身横断してきたジョージ箱田（藤田まこと）のニュースに着目した等は箱田と会う。「君に会わせたい女性がいる」と鳩子に引き合わせた。鳩子と箱田は飛行機つながりで意気投合、結婚を決めるが、大社長は猛反対。そこを等が後藤又航空の小型機で二人をアメリカに渡らせた。小型機のチラシも持たせるところが抜け目ない。二人が渡米するや、乗ってきた小型機が大評判で買い手殺到との電話が入った。等の作戦は大成功。大社長の信用を得て後藤又商事のアメリカ支店長担当重役となり、米勤務となった。意中の眉子（浜美枝）とは「一年以内に出世したらキミは僕のものになる。できなかったら契約セールスマンになってキミの助手を務める」と約束していたこと、眉子へのひたすらのゴマすりでついに結婚へ、という大団円。

こんな調子のいい話が現実にあるだろうか。あるわけがない。でも、古澤憲吾が演出して植木等が演じると、なんだかあり得るんじゃないか、あってもいいような心持ちになってくるから不思議だ。明るくて、ドライで、前向きなのだ。

入社のしかたも突飛だし。でも、こんなケースもまれにはあるのかな、なんて思えてしまうのがすごい。並みに優秀な連中を出し抜いて出世していく原動力がすべてゴマすりだなんて、サラリーマンの世界はこんなものなのかもしれないなあ、なんて想像を広げていた。大人になって知ったのは、実際にこういう人がごくまれにいる、ということだった。

こつこつやる奴ァごくろうさん

植木等の歌で「無責任一代男」（作詞・青島幸男、作曲・萩原哲晶）というのがある。これは、同じ古澤憲吾監督『ニッポン無責任時代』（一九六一年）の主題歌だった。

最初のフレーズはこうなる。

おれは　この世で一番

無責任と　言われた男
ガキの頃から　調子よく
楽してもうける　スタイル

劇中、植木が笑いながら踊って歌うシークエンスも驚いたもんだった。突然、歌が入ってくるのもこれら一連作品の特徴だった。なんだか、うきうきしてくるもんだった。行人坂幼稚園での宗教的薫陶は無駄ではなかったかな。そして、最後はこうなる。

人生で　大事な事は
タイミングに　C調に無責任
とかくこの世は　無責任
こつこつやる奴ァ　ごくろうさん

これだ。私の生き方はこれしかない、と、あのとき決めたのだ。今日ある私はこれこそのおかげ。畠山健二に与えられた見えざる神の手、啓示なのだと思っている。やはり、私の人生は、このフレーズを「ホントなんだぞ」と証明するための行為の繰り返しだったのだ。

古澤憲吾という奇人

ちなみに、監督の古澤憲吾という人物について、知己である編集者Cにはこんなエピソードがある。

一九八八年（昭和六十三）の秋のある日。Cの実家に某フィクサーが訪れた。父に従って応接間で対応したCは仰天した。目の前にあの古澤憲吾がいたのだから。某氏が連れてきたのだった。いただいた名刺には「古澤憲吾（全穏《まさとし》）」とあった。姓名判断で名前を代えたらしい。Cは慌てた。前夜のテレビで、植木等が「古澤憲吾監督は天才で、だからあんなダイナミックな映画ができたんだ」と回想していたことを思い出し、そんな話題を古澤に振ってみた。古澤へのオマージュのつもり。空振りだった。古澤はCの話にはまったく興味を示さず「あれはサラリーマン社会を戯画化したようなもの。マンガだ。今度作る『アジアの嵐』は桁違いの大作となる。日本の真実を鋭くえぐる作品で、アヘン戦争から描きたい。六億円の支援をぜひ」と語りつつ、戦後の復員以来、徹底的に保守活動を貫いてきた自分をヒロイックに語りまくった。Cは古澤の思想事情などまったく知らなかったから面食らってしまい、話も進まなかった。ふと、古澤着用の背広の袖を見やると糸のほつれが際立っていた。苦労しているのか無頓着なのか。

その頃の古澤憲吾は『アジアの嵐』という得体のしれない作品を撮ろうと資金集めに東奔西走していたようなのだが、実現することもなく逝ってしまった。Cの家にだって六億円などあろうはずもなく、話を聞くにとどまった。それっきりだった。そんな無駄足を重ねつつ、古澤は死期を早めていったのだろうか。

当時の多くの関係者が古澤憲吾の奇人ぶりを回想している。

撮影現場で古澤監督は「ほんばぁーん」と叫ぶ。助監督がカメラマンの未到着を告げる。それでも「ほんばぁーん」と。奇人である。

『日本一のゴマすり男』の冒頭でゴマをする植木等がすり鉢を割るシーン。隣の竹かごに子猫二匹が映し込まれている。なに、これ？　監督のココロは「その愛らしさで観客の心をなごませたい」と。なんだかよくわからない。やはり奇人である。

それにしても、日本一シリーズは古澤憲吾なしではあり得なかった企画だったように思う。飛び抜けて明るくドライで、都会的でスマートで、すべてが破天荒の繰り返し。動きがある。流れがある。心が浮き立つ。あり得ない一種のマンガではあるが、植木等のようにやれば、世の中すべてうまくいくんじゃないか、と信じてしまえそうな物語。だが、そのおよそは正しかったのである。ということが、その後の私の人生でよくわかったことだった。

遊び場は目黒不動尊

小学校五年生まで目黒で過ごしたが、いこいの場所は目黒不動尊だった。正しくは、瀧泉寺と称するが、誰もそんなふうには呼ばない。山手通りと目黒通りの交差する南側一帯のこのあたりは寺社が多い。寺町を形成している。近くには大鳥神社、大聖院、五百羅漢寺、海福寺、蟠龍寺、成就院（蛸薬師《たこやくし》）なども。桐ヶ谷という大きな斎場が控えていたからだろう。落語の「黄金餅《こがねもち》」なんかでも、西念の死骸を焼くのは桐ヶ谷だったな。こんなところからも、この街はぐっと下町っぽかったように感じた。というか、まるで下町だった。

目黒不動尊は、都内にある五色不動尊の一である。

目黒不動　瀧泉寺（東京都目黒区下目黒）
目白不動　金乗院（東京都豊島区高田）
目赤不動　南谷寺（東京都文京区本駒込）
目青不動　教学院（東京都世田谷区太子堂）
目黄不動　永久寺（東京都台東区三ノ輪）
または
目黄不動　最勝寺（東京都江戸川区平井）

五色といいながら、実際にはなぜか六寺あるという不思議、というか、いい加減ぶり。日本人は「名数」が好きだ。「三大〇〇」「四大〇〇」という、あれ。必ず残る一つは思い出せなくて悶える、というのが通り相場である。十九世紀には「江戸の三富」と呼ばれ、湯島天神、谷中感応寺、目黒不動で富くじ興行が行われていた。当たりくじを知るため参詣に訪れる。うまい手を考えたもんだ。志ん生がマクラで振っていた「ふどう損」とは大違いかも。

六寺ある五色不動。どの寺も江戸の郊外だ。三代将軍家光が寛永寺の大僧正（というか怪僧）天海の献言で決めたもので、天下泰平を祈ったということらしい。でも、じつはこんな決まりはなくて、五色不動が言われ出したのは明治以降の話だという説もあって、なんだか怪しい。天海らしいな。

いずれにしても、不動尊というんだから、密教系、つまり、天台宗か真言宗の寺である。目黒不動＝瀧泉寺も天台宗の寺院だ。加持祈祷するから、おどろおどろしくて幽冥をかいまみる心持ちにさせてくれる。遊び場としての目黒不動は、私たちがそんなイメージを抱くことも希薄だったが。

境内は広く、起伏に富んでいる。滝あり、池あり、石段あり、お堂あり。落語「目黒のさんま」の舞台もこのあたりだというが。江戸の名残が濃厚だったんだな。

目黒不動は自宅から徒歩五分ほどのところにあり、格好の遊び場所となる。玄関でランドセルを放り投げると、門前近くの駄菓子屋に直行する。そこに友達が集まってくるのだ。醤油味のイカゲソを真っ白くなるまでしゃぶりつくすと、タコ糸を巻きつけて池の中に落とす。ザリガニを釣るためだ。紙芝居のオジサンもやってくる。紙芝居が終わると集まった子供たちに駄菓子を売るのだが、買わずに退散。失礼なガキだったなあ。

縁日で世間を学ぶ

目黒不動では、今でも毎月二十八日に境内で縁日がある。この寺は霊験あらたか、信仰が篤い。参詣者が遠方からもやってくる。

陽が暮れてから友達と出かけるのは大人の世界をかいまみるようで妙にワクワクした。買い食いが楽しみだったが、縁日から世の中を生きていく術も学んだ。

境内の公衆便所わきで、ちょいと危なそうなオジサンが、テーブルの上にある三つの茶碗の一つに碁石を入れて、素早く位置を変える。一回五十円だったと思うが、どの茶碗に碁石が入っているかを当てると二百円もらえるのだ。小遣いをすべて巻き上げられ、父親にこっぴどく叱られた。

子供の頃に免疫を作るのは必要だ。見せ物小屋のヘビ女にも、してやられたしなあ。教訓は今でも生きている。オレオレ詐欺にもヘビーな女にも動じない、たくましい心を養ったつもりだ。腰をスネークさせる女には弱いけど……。

芋神さま

目黒不動の境内には青木昆陽の墓がある。このあたりに別邸があったという。昆陽は江戸中期の人で、日本橋は魚屋の一人息子。学問好きが高じて京都は伊藤東崖の古義堂に留学した。当時は江戸よりも上方のほうが一流だった。一流になりたけりゃ上方をめざしたものだ。昆陽は儒学を修めるや幕府に仕えた。その後、八代吉宗の命でオランダ語を習い、蘭学の先駆者にも。弟子には前野良沢もいる。十八世紀のことだ。

つまり一七〇〇年代の日本では、武士でない階層から優れた学者があまた登場している。平和が続いて生産活動が安定した結果、人々に余剰＝余裕が生まれた。小金持ちが増えたのだ。彼らの子弟には学問好きも現れて、儒学なんかに収まらないさまざまなジャンルに手を伸ばすようになっていった。地理学、農学、数学、化学、医学……。青木昆陽もその一人といえる。

甘藷＝サツマイモもその息吹の一つ。救荒作物である甘藷の試作を吉宗に命じられた昆陽は、関東各地に普及させていった。来るべき飢饉への対策だった。昆陽は当時から「甘藷先生」といわれ、栽培した農場跡の千葉・幕張には芋神さまを祀る昆陽神社すらある。

実際の青木昆陽が甘藷栽培にどこまでかかわったのかはよくわからないらしいが、昆陽が十月に亡くなったことから、目黒不動では毎年十月二十八日には「甘藷まつり」が催されている。毎月の縁日よりも大規模で、私たちが小遣いを巻き上げられるのはたいてい、こういうときだった。

ワタシが語る畠山健二

希美ちゃんの勘違い

ミノシマタカコ
(フリーライター)

希美ちゃんいわく「畠山健二先生の中には、島田鉄斎がいる」らしい。私が抱く島田鉄斎のイメージは、渋くてシャイな大人の男。吉原に遊びに行くことはないし、ベッドの上でも、ゴルゴ13よろしく、超クールに振る舞うことでしょう。

だからこそ……。事務所開きのとき、吉原の某ソープランドから贈られた胡蝶蘭が飾られていたのは、きっと幻でしょう。オツな女についてヨダレを垂らしながら語ったり、超難解な下ネタトークを日常的に聞かされているのは悪い夢でしょう。思わずメモりたくなるようなギャグが、連射砲で飛び出してくるのは、私の気の迷いですよね。

幻ではなく、現実だとしたら畠山師匠の中にいるのは鉄斎ではなく、やっぱり万造や松吉です。だって、周りの人たちの面倒をみたり、世話をやいたりする姿から感じるのは、下町人情そのものだもの。希美ちゃんは完全に勘違いをしている。

ミノシマタカコ　狛犬ハンターとしても活動。いつも畠山氏を馬鹿にしているように見えるが、本当は心の底から慕っている。

下目黒から本所へ

父親の実家は墨田区本所にあり、祖父が工場と住居を建て直すのに合わせて、本所に引っ越すことになった。祖父母、両親、兄と私が同じ屋根の下で暮らす。周りは下町丸出しだった。でもその頃の私は、正直言って、下町というものになじんでいたわけではなかった。

それが一九六九年（昭和四十四）、私が六年生になるときのこと。泣く泣く目黒を離れることになる。友達と別れるのはつらかった。

引っ越してからしばらくは、週末には目黒の友達のもとに行ったり、目黒の友達を本所の家に呼んだりして、交友の回復と維持にいそしんだ。私の交友録の大切な部分だ。

下目黒と本所。一見かかわりなさそうだが、一つだけ共通するものがある。葛飾北斎の『富嶽三十六景』には、「本所立川《たてかわ》」「下目黒」とある。どちらもとりあえず富士見の土地だったということだ。縁起がよい。自慢できそうな話題である。同級生にも教えてやろう。ただ、このトピック、昨日知ったのだが。

転校先は墨田区立横川小学校だった。不安もあったが、持ち前のC調さで、友達もすぐにできた。総じて下目黒小よりも学力が高かったのには驚いた。チンピラ予備軍みたいな悪ガキもいたが、優秀な子にはとことん秀才もいた。私はどちらかというと優秀な子だった。だが、「無責任一代男」の教えに忠実で、「こつこつやる奴ァ　ごくろうさん」の精神を踏み出していた。悪ガキでもない、秀才でもない、彼らとは違う道が待っているような気がしていた。

カタ屋が来てる

教室の窓からは、校庭に隣接している公園が見える。授業中にもかかわらず、窓際に座っている級友が大声で叫ぶ。

「カタ屋だ。カタ屋が来てるぞー」

どよめく男子生徒たち。なぎら健壱さんも著書で紹介しているが、当時、小学校高学年の男子は、この「カタ屋」と呼ばれる遊びに熱狂していた。半世紀も昔のことだが、記憶をたどってみよう。

カタ屋のオヤジから素焼きのカタと、粘土と色粉を買う。般若や鉄腕アトムが彫り込まれたカタに粘土を押し込んで剥がす。その剥がした粘土に色粉を塗って仕上げるという遊びだ。作品はオヤジが採点をして点数を紙に押してくれる。この点数をためると、点数に応じてカタや粘土を交換することもできるのだ。

オヤジ作の見本作品がすごかった。孔雀や、竹林の虎などはまさに芸術作品。カタ屋のオヤジは、十日ほど連続でやってくるが、みんなの点数がたまりだした頃に忽然と姿を消す。数か月後に来たカタ屋は別人なので、ためた点数は交換不可となるのだ。一九九七年（平成九）に上梓した拙著『下町のオキテ』の中で、このカタ屋の謎を解明しようとしたが、その存在や流通経路は闇に包まれたままだった。

この公園の前を通るたびに、カタ屋を思い出す。孔雀を完成させられなかったことが悔やまれる。

赤坂に通学

一九七〇年（昭和四十五）、横川小学校を卒業すると、日本大学第三中学校・高等学校（日大三中・三高）に入学した。中高一貫、日本大学へは系列校内の試験を受けて入学できる。兄も通っていたから、深く考えもせずに進んだ。現在は町田市にあって共学だが、当時は赤坂にある男子校。野放図でおおらかな校風だった。ちなみに、私が赤坂最後の卒業生である。

通学には都電と地下鉄を使った。自宅近くの「本所吾妻橋」という都電停留場（電停）から月島行きの「23系統」に乗り、吾妻橋を渡ったところまで。営団地下鉄の浅草駅から銀座線で赤坂見附駅まで通った。その後、都電が廃線になってしまったから、自宅から歩いて都営浅草線の本所吾妻橋駅まで向かい、そこから浅草駅まで一駅乗り、営団地下鉄の浅草駅に乗り換えて銀座線で赤坂見附駅まで、という具合に変更した。

入学式の日、銀座線の赤坂見附駅の階段を上ると、正面には完成したばかりの赤坂東急ホテル（現・赤坂エクセルホテル東急）がそびえ立っている。威圧されたなあ。通学路は一ツ木通りで、銭湯があったり、突き当たりには自動車教習所があったりと、懐かしい風景を思い出す。今の赤坂はまるで外国みたいだけど。

　赤坂は大人の街だった。高級料亭も多くあり、部活が終わって夕暮れの赤坂を歩いていると、人力車に乗った芸者さんを見かける。自分も政治家になって赤坂の料亭でワイロを受け取るのだと決意したが、はかない夢と終わった。さらに暗くなると、街のネオンがまぶしくなる。赤坂には「ニューラテンクォーター」や「ミカド」というグランドキャバレーがあり、前を通るだけで胸がときめいた。

「ここで力道山が刺されたんだよな」

「ミカドは世界の社交場なんだってよ」

　当時の映画にはグランドキャバレーがたびたび登場する。ボックス型のシートに妖艶なホステスが「あら〜、部長さん」と現れる場面にあこがれた。そんな場所に顔を出してもおかしくない年齢になった頃、東京にあったほとんどのグランドキャバレーは姿を消していた。こちらもはかない夢に終わってしまった。

下町を意識する

浅草あたりの子供も日大三中に通っていた。けっこういたな。この連中は五月の三社祭の頃になると学校に来なくなる。なんだろう、と思ったが、すぐにわかった。勉学よりも地元の祭りを優先する生き方。そういう、下町の独特な雰囲気、なにかをかいまみた思いだった。

本所と浅草は目と鼻の先だし、次第に遊びに行ったりして、交友が始まった。たとえば、仲見世のかんざし屋の息子。本物の道楽息子だった。そういう人間の生き方や所作を間近に見るようになるにしたがって、このあたりは「下町なんだなあ」と強く意識するようになっていった。

学校のイベントでは、必ず私が壇上に立って笑わせることが日常だった。頼まれもしないのに出ていく。そしてどっとウケる。何度かやれば、周りは私のパフォーマンスに期待する。安心して笑わせてくれるからだ。私は私で、日々、人を笑わせることに腐心する。それこそが日々の喜びとなる。笑いが肉体化していった。私の中でなにかが形成されていくように感じた。

非サラリーマンでいく

日大三中・三高は赤坂という東京の真ん中へんにあったせいか、山の手の子も下町の子も混在していた。多種多様だった。近くの山脇学園もそうだったのだが、それでも、生徒の傾向はおおざっぱに言い切ればこうなる。

品なく小銭持ってる家の子が行く学校。

親の職業は、土建業、そば店など、中小企業主、商店主といったところ。親子三代で歯科医になっている、などというのもいた。歯医者の子がやたらと多い。歯学部に進学した連中で私より頭のいいのは一人もいなかったが。

一人、こんなのがいた。大学は歯学部に進んだのだが、何度受けても国家試験が通らなくて、歯科医になれなかった。五十歳頃にはスーパーの中に入っている青果店で働いていた。若い店員に「おっさん、ホント、あんた、仕事できねえなあ」などとどやされていたという。山の手の豪邸の子だった。

そういう連中には共通したものがあった。親が大甘で、なんでも買い与えてくれて、というかんじだ。彼は大バカ野郎だったのに歯学部に進んだ。でも、授業にはぜんぜんついていけなかった。みんな、世の中をなめている連中だった。私もその一人だったわけだが。

サラリーマンの家の子は、サラリーマンにならないと生きていけない、という使命感を持っているものだ。この学校にはそんなのはいなかった。

数年前、東京学芸大学附属高校の演劇部から私に依頼があった。演劇の大会があるので演技指導をしてほしい、とのことだった。天下の名門校である。行ってみた。生徒たちと話して驚いた。彼らは、東大、一橋大、国立大医学部、格落ちしても早慶あたりをめざしている。「人間、まずは学歴をつくらなけりゃ、どうしようもない」という価値観をみんなが等しく持っている。ひしひしと伝わってきた。そこに驚いたのだ。

ひるがえって、私の出た日大三高には、そういう価値観がまるでなかった。高校の二、三年の間中、英語の授業に出たことがなかった。校庭で手打ち野球とか雀荘とか行って時間つぶしていた。「勉強するなんて、バカよ。世の中なんて、どうにかなるもんでしょ」などと大言壮語している連中ばかりだった。私も「要領さえよけりゃ、世の中なんていうもんはなんとか生きてけるんだ」とほんとうに思っていた。

勉強？　こんなわけだから、するわけないだろ。「勉強なんざやったって無駄なだけだ。口が達者で、芸があって、するする世渡りできれば、なんとか生きていけるんだ」とほとんど全員が思っていた。これって、植木等のあの精神だろう。「こつこつやる奴ァごくろうさん」という、あれ。ピッタリはまっていたなあ。

人生のツボを知る

私は五十歳過ぎて小説を書き始めた。

たしかに苦しかったし、つらいこともたくさんあった。「なんでこの年になってこんなに頑張んなきゃいけないんだ」などと自らを嘆いたこともあったけれど、突き詰めて考えてみると、高校生の頃にほざいていたことを、人生で肯定できるのか、あるいは否定させられてしまうのか。私は今、岐路に立っているんだということだった。

これは、私にとっては、とんでもないビッグチャンスをもらった思いだった。啓示である。生きるか死ぬかという二元的選択は、長い人生でもそうそうは迫られないものだ。それが五十歳過ぎた頃、私に降りてきたのだから。やるしかないだろ。「学歴なんて才能のない者のよりどころだ」と、私はずっと言い続けていたわけだから、これをなんとしても肯定させなくては自分の存立にかかわる、とも切実に思った。

「ほら見ろ。昔、おれが言ってた通りだっただろ」

ただ、それが言いたいがために頑張った。人を奮い立たせる原動力は、たいていこんなクダラナイものなのだろう。

運よく小説家として本を出せたとしても、初版止まりの作家で年収五十万円止まりなのか、ベストセラー作家といわれるのか。一生懸命やって、私はいまも朝四時に起きてせっせと書いてるのは、あの頃の不遜な思いを肯定させるためなんだろうな、とつくづく思うのだ。ほんとうにそう思う。

私が五十歳までにくだらないことをさんざんやってきたのは、たんなる仕込み期間で、いわば「大いなる助走」だった、ということになる。実際のところは、這いつくばって床に頭も体もこすりつけ、注意深く匍匐前進しながら小説家をやってきたわけなのだが。

大学生活は想定外に

日大三高に進級した頃から、大学は芸術学部へ進もうと思い始めていた。日本大学芸術学部＝日芸なら、私の好きなことができそうだし、快適な四年間を過ごせそうだ。その後はテレビ局や映画会社なんかに入って、好きなエンターテインメントの世界に雄々しく漕ぎ出そうか、などと奔放に夢想していた。日大付属の高校から日大を受験する場合、文系の試験は国語と英語だけだった。そんなことは中学の頃から知っていたので、数学はまったく勉強しなかった。試験はほとんど白紙で提出し、零点を連発しても余裕で笑い飛ばしていた。

今でも、数学に関しては小学校一年生レベルだろう。いや、幼稚園レベルかもしれない。三角関数などは意味不明。三角関係なら経験があるのだが。

ところが、である。人生は予定通りに展開してくれないことも、たまにはある。高校三年生になったとき信じられないことが起きた。

私が大学進学に備える年から、日大の特別付属高から日大へ内部進学するための日大統一テストに数学が必須となってしまったのだ。これでは芸術学部どころか日大のどの学部にも進めない、ということがじわじわじわじわぁっとわかってきた。どうする。困った。慌てた。うーん。あきらめた。

冷静に顧みよう。この時点で、私がまともに受験して合格できる大学が日本にあるのか否か。うーん。あるわけないか。授業にはほとんど出ていなかったし、理数系の試験はすべて白紙だったし。

とてつもなくどす黒い不安が脳天を覆った。ほうほうのていで担任教師に事情を打ち明けて、どこか推薦で入学できる大学を探してもらった。蛇の道は蛇。あった。その大学は、千葉県にあったのだ。都落ちだが、ま、この際、行ってみよう。

一九七六年（昭和五十一）四月、私は大学生になった。

だが、この大学にはまったく興味を持てないということがすぐにわかった。おもしろみにてんで欠けているのだ。キャンパスには全国から群雲《むらくも》のように集まって学生たちがたむろしている。どいつもこいつも野暮ったい。どうもなじめない。つい先月まで都内有数の繁華街、赤坂の学校に通って、ファッションスタイル、ライフスタイルにこだわりもって小うるさく生きてきた私には、どうにも通じない場所だったのだ。

うーん、またも困った。これからどう過ごしたものか。ぜひもない、なあ。

遊ぶ、遊ぶ、遊ぶ

しかし、そうはいっても、キャンパス以外のところでは、結局、遊びまくった大学時代だった。

将来の展望や人生設計なんて知ったこっちゃない。小説を書くとか、生きる術といった点では大きな肥やしとなったが、学問という意味ではまったく無駄な四年間を過ごしてしまった。まあいいか。とりあえず小説家にはなれたんだから。

大学には行かず、午後になると水道橋の雀荘へ直行する。武者修行だ。よくもまあ、飽きずに麻雀ばかりやってたなあ。

六本木のディスコにもよく行った。モータウン（米国のレコードレーベル）系のソウルミュージックが好きで、そんな曲がかかると、汗だくになって踊った。この時代のディスコは、体育会的な雰囲気で、曲によって踊りが決まっており、踊りを覚えるのが大変だった。

飲食店を借り切って、ディスコパーティーも主催した。中学高校が男子校で、大学も九割以上が男子だったので、パーティーは女子との出会いの場でもあった。踊っていると突然に曲が「メリー・ジェーン」や「青い影」などのチークものに変わる。目をつけていた女子をチークダンスに誘うのだ。断られると傷ついたなあ。

その後、二十代も後半になると、六本木や新宿には出入りしなくなった。下町育ちが染みついてしまったのか、元来、西洋かぶれした街は性に合わなかったのか。

今でも銀座より西に行くことはめったにない。新宿の地下街では迷子になるし、吉祥寺や下北沢では、なぜか緊張してしまう。下町だけでも十分に楽しく暮らしていけることに気づいてしまったわけだ。

単位取りまくる

千葉県の大学では、授業にも、校風にも、学友にもなじめなかった。こんなところに長居は無用、とばっかりに、一、二年のうちにできるだけ単位を取ろうと決めた。幸い、この大学では年間取得単位数の上限がなかった。「可」ばっかりだったけれど、百十六単位も取った。あとはゼミだけ。どこかのゼミに入って卒論なるものを書けば、この大学ともおさらばできる。

ゼミは三年生に上がると待ち受けていた。この大学は経済学、商学、経営学、会計学といった社会科学系の講座ばかりが置かれていた。どれも私には興味がない。

ただし、そういう私のような跳ねっかえり学生のための抜け穴なのか、二つだけまったくおかしなテーマのゼミがあった。その一つが「比喩に関する研究」。朗報である。高木道信教授といって、慶應義塾大学出身の英文学専攻。日本における英文比喩表現研究の第一人者だった。

これだ。いや、これしかない。死線で活路を見いだす思いで、このゼミに登録した。ゼミが始まった。さっそく館山にある大学の研修センターで二泊三日のゼミ合宿があった。

私は生まれて初めて三省堂書店の神保町本店に赴いた。その後、私はこの書店に立ち寄ることはなかった。一九七八年（昭和五十三）当時の三省堂書店の神保町本店は、八重洲ブックセンターと並んで、日本を代表するメガブックストアと呼ばれていた。今ではほかにもたくさんあるメガブックストアだが、あの頃はそんなものだったのだ。私は自他ともに許す非学術的な男であるが、そんな私でも、三省堂書店なら学術的な書籍はがっちりそろっているはず、と確信していた。かろうじて活きのいい学生だったんだなあ。

書架で比喩の関連本を渉猟《しょうりょう》し、決定版を見つけた。『身体の一部を使った日英比喩表現』という書。なんだかすごい。小躍りした。よし、これを熟読玩味して、さっそくレポートを出してみよう。泉の湧き出るがごとくだった。書ける、書ける、書ける。卒論の規定枚数五十枚に到達してしまった。

これを夏休みの合宿で提出した。教授は一読、仰天した。

「君、こ、これはなんだ。こんな素晴らしい卒論はこの大学で見たことがない。合格だッ」

そ、そんなものなのか。

「君はもう、再来年の卒論提出までゼミに来る必要はありませんッ」

ひえー。こんなんでいいのか。

これまた朗報だ。

単位も取ったし、ゼミも出る必要ないなら、どうしようか。私の脳裏にはめらめらと世界地図が広がった。みなぎる闘志。沸き立つ覇気。そこで、日頃思い巡らしていたあることを実行してみよう、と決めたのだ。

「ラブアタック！」に挑戦

その頃、大学生に人気のあった、「ラブアタック！」というテレビ番組に出場してみることにした。

たんなる軽い思いつきではなかった。幼い頃から、つねに他人に笑われたいという強い願望をもって生きてきた私としては、なにかの形で関西のお笑いの世界に挑んでみたかったのだ。上方（京阪神）で通用する笑いとはどんなものなのか、私のお笑いセンスは上方で通用するものなのか。そんなことを確認してみたかったのだ。これは遊びではない。

「ラブアタック！」は、大阪の朝日放送で一九七五年（昭和五十）から放送されていた、ゲーム形式の恋愛バラエティー番組だった。当初は関西ローカルで放送されていたのだが、一九七七年（昭和五十二）四月三日からはテレビ朝日系の全国ネット番組となっていた。毎週日曜日の午前十時からの放送で、その頃は家でごろごろしていたのか、私はなんの気なしによく見ていた。

この当時、つまり七〇年代半ば、「パンチDEデート」（関西テレビ）、「プロポーズ大作戦」（朝日放送）といった、関西発の大学生を対象とした視聴者参加型番組がはやっていた。「ラブアタック！」もその一つだった。しかも、「パンチDEデート」は桂三枝（現・六代目桂文枝）と西川きよしが、「プロポーズ大作戦」は横山やすしと西川きよしが、「ラブアタック！」は横山ノック、和田アキ子、上岡龍太郎がそれぞれ司会を務めていた。この面々からもうかがえるように、たんなる視聴者参加型ではなく、番組全体がお笑いの要素を多分に含んでいたわけだ。

「ラブアタック！」は一時間放送分のうち、内容が二部構成となっている。

前半の第一部は、かぐや姫と呼ばれる女性を巡り、アタッカーと呼ばれる男性参加者五人が、着ぐるみで障害物競走をする「恋の芋虫ドンゴロス競争」や「ホテルプラザのディナー早食い競争」など、きてれつなゲームに挑戦し、最終的に残った一人がかぐや姫の待つステージで愛の告白をする、というもの。かぐや姫はスイッチで判断し、スタジオの観客と敗残者たちは「落ちろ、落ちろ」と叫ぶ。司会者が「運命はいかに。まいります。スイッチオン」とコールすると、かぐや姫が「ＹＥＳ」か「ＮＯ」かのスイッチを押す。「ＹＥＳ」ならファンファーレとともに天井のくす玉が割れて紙吹雪と紙テープが舞う。「ＮＯ」なら最後っ屁のようなラッパが鳴って、男性はステージ下の「奈落の底」へ落ちていく、というもの。明暗がはっきりした、じつに単純でわかりやすい進行だった。かぐや姫なる女性はどこかの大学生なのだが、これがじつに美しいのだ。いやが上にもやる気を湧き起こしてくれる。ここが他局の類似番組と決定的に異なっていた。

後半の第二部は、四人の男性参加者がかぐや姫の前で歌や芸のパフォーマンスを披露して選んでもらう、というもの。「かぐや姫に捧げるその歌は○○○○。はりきって、どうぞッ」という司会者二人によるユニゾンのセリフが、いまどきの東京ではあまり聴かないベタな紹介だった。野暮ったいのだが、なんだか親しみやすいフレーズ。不思議だ。ここでは男性が一人ずつかぐや姫に愛の告白を行うが、カップルが成立するや、残りの参加者は自動的に奈落の底へ落ちていく。

第一部は体力勝負、第二部は一芸ありき。迷わず、第二部希望で応募した。まもなくOKの返信。ついてる。まずは港区芝の朝日放送の東京支社に赴き、予選を。通った。いざ関西へGO！

いざ、関西へ

大阪は朝日放送のスタジオでの本番撮り。第二部に出場した。落ちた。想定内だった。ただ、ここでの経験が、私の人生に大きな転機を授けてくれた。

第二部の出場者には「みじめアタッカー」なる連中がごろごろいた。彼らは、一度は奈落の底に落ちた敗残者なのだが、鶏鳴狗盗よろしく一能一芸で視聴者の人気が支えとなり、この番組の常連となっていた。万年敗残者、レギュラーである。と同時に、日々おのれの芸を磨き続けている求道者でもあった。三か月ごとの「みじめアタッカー大会」の出場権を持っているし、「キャンパスレポート」というコーナーをまかされて、台本から取材からすべて単独で奔走もする。出場権とはくす玉が割れないという一点にある。彼らの存在感は、異形の風体、異様な言動をもってかぐや姫の心に違和感や夾雑音を響かせ、必ずや「ＯＮ」のボタンを押させないように演出することなのだ。すこぶるつわものである。常連だからアイドルネームが付いている。「関学の五木ひろし」「緑橋のジュリー」「恐怖のチャンチキおけさ」といったふうに。なんだかすごそうなのだ。

私は本番では橋幸夫のものまねをやってウケはしたものの、案の定、奈落の底に落ちた。その後まもなく、「みじめアタッカー大会」に招待されることになった。やったぜー。こうなりゃ、かぐや姫などはもうどうでもよい。テレビでどれだけ自分の芸がウケるかに、おのずと焦点が絞られてきた。「キャンパスレポート」でも嬉々として動き回る。おもしろくてしょうがなかった。

かくして、私は新幹線で何度も往復する、ジェットセットめいた日々を送ることになった。ここでの収穫はなによりも、くだんの求道者たちのと交流と競争である。世間的には奇人変人のたぐいではあるが。

今でも交友のある人たちがいる。たとえば。

日本旅行の旅先案内人こと平田進也氏。カリスマ添乗員としてテレビでもおなじみの人だ。いつだったか、インターネットで「全国区ではないが、関西では有名人」というランキングの五位だか七位だかに入っていたっけ。確か一位はキダ・タロー氏だったかなあ。サラリーマンの添乗員として二万人以上のファンクラブを持つバケモノ的存在。

著書に『出る杭も5億稼げば打たれない！』などがあるほどの人。

あるいは、作家の百田尚樹氏。大阪ではテレビの構成作家として有名だったのだが、知らぬ間にベストセラー作家になってしまっていた。『永遠の0』、そして『海賊とよばれた男』などミリオンセラーを連発。最近は『日本国紀』が社会現象と化し、毀誉褒貶の疾風怒濤。またしても売れる、売れる。さなかの「ニューズウィーク日本版」ではあの禿頭が表紙を飾り、高質な特集が組まれるほどに。たんなる作家の域を超えてきた。平田氏から「百田はん、頭部がラッキョウみたいな形になってきましたなあ」などと罵られても、笑って流すほどの人格者にも。すごい。ビルドゥングスロマンの実体化である。数年前なら怒り狂っていたはずなのに。

そして、松本修氏。とりわけ、この人にはお世話になった。この番組の局ディレクターだった人。一九八八年（昭和六十三）には「探偵！ナイトスクープ」をプロデューサーとして立ち上げ、関西の長寿番組、超人気番組の名をほしいままにした。九一年（平成三）には、番組内での企画である「全国アホ・バカ分布図の完成」編で日本民間放送連盟賞テレビ娯楽部門最優秀賞、ギャラクシー賞選奨、ＡＴＰ賞グランプリを受賞している。

ピカピカ凄腕のテレビマンだ。ちなみに、「どんくさい」。これは関西地方の方言に過ぎなかったのだが、「ラブアタック!」を通して全国レベルの言葉になってしまった。この番組が意識的に使っていたからだ。松本氏は言葉に敏感で真摯で野心的な人だった。その後はするするっと朝日放送制作局長まで上り詰めていった。同志社大学中退中の百田氏を「ラブアタック!」の出場者から拾い上げて、「ナイトスクープ」の放送作家として育てたのも松本氏だった。かたや、芸人をめざしていた私に「ケンちゃん、あんた文才があるでえ。どや、本でも書いてみたら……」とそそのかしてくれたのも松本氏だった。彼がそう言ってくれなければ、今の畠山健二はいなかったろうなあ。人生の恩人である。

平田氏、百田氏、そして私。三人とも松本氏のおかげで今日がある。一堂に会すると必ず、三人は声をそろえて感謝している。

「松本さんの言葉を信じて、ここまで来ました」

「ああ、ボクは誰にでもそう言うんや。数打ちゃ当たるやろ」

「なんでやねん!」

フィリピンパブでの遭遇

「みじめアタッカー」としてのテレビ出演は、今にして振り返ると、私の徒弟時代だった。笑いに関する、ありとあらゆる試行錯誤を繰り返した。壮大な実験室だった。

人を笑わせるための発想法と具体的な手順を徹底的に学んだ。これまで私が気楽にやってきた、学校で友達を笑わせるのとは質的に異なるものだった。江戸の洗練されたスマートさ、上方のバタ臭いケレン味。これからの笑いはこの複合だと思った。

プロとしての試練や勉強。さらには、気構えや覚悟も学んだように思う。それは充足した時間だった。

そんな熱狂の時間にも、やがて終わりがやってきた。あの大学に卒論を提出して、学位を授与されたのだ。さほどありがたみもなかったが。

まともな企業に就職などできるはずもなく、大学を卒業すると、実家の鉄鋼会社で経理を担当することになった。ジェットセットは終わり、たちまち単調で平凡な生活が訪れた。

このまま人生を終えるのはむなしいと強く思った。そしてメンタルダウン。それが原因かはわからないが、食べたものを吐くようになってしまった。その繰り返し。診断は十二指腸潰瘍で長期入院を余儀なくされた。結局、お茶の水駅前の杏雲堂病院に五十日も入院する羽目に。なにかでこの状況を脱しなければいけないと思った。病室のベッドで天井を眺めていると、松本修氏の言葉を思い出した。

「健ちゃん。あんたには文才がある」

松本修氏の言葉に惹起され、小説を書いて新人賞に応募してみた。新潮社が主催する「小説新潮新人賞」だ。結果は三年連続二次選考で落選。小説なんてえものは、手の届かない山の頂にあるものだと実感した。そんなわけで小説家は早々と断念。これからえんえんと続きそうな、この単調な生活の気配。漠然とした不安が波のように繰り返し襲ってくる。もやもやとした日々はやまない。困ったなあ。

そんなある日のこと。

仕事関係の知り合いに誘われて、気晴らしにフィリピンパブに行った。越谷《こしがや》だったたかなあ。埼玉の。私は二十八歳になろうとしていた。

この店でフロアマネジャーを務めていたのが、東京の漫才コンビ、新山ノリロー・トリローのかたわれ、トリロー氏だった。コンビはその少し前に解散したらしく、転職したようすだった。

ひょんなところでひょんな人と会う。今にして振り返れば、これもなにかの啓示だったのかもしれない。私の人生には、時折こんなことがあるのだ。

その夜のフィリピーナのことはまったく覚えていない。だが、彼と花を咲かせた漫才談義は今でも鮮明に覚えている。というか、私が常日頃思い思いしていたことを彼にぶちまけた、という風情だった。トリロー氏にとってはとんでもない客の到来だったことだろう。

「東京の漫才は何をやっているんですか。関西に押されっぱなしじゃないですか。これじゃ、漫才ブームじゃなくて関西ブームでしょう。だいたいネタがつまらない」

口角泡飛ばしての言いたい放題だった。

これには少し説明が必要となる。

一九八〇年（昭和五十五）に、突如湧き起こった漫才ブーム。火をつけたテレビ番組としては「お笑いスター誕生!!」（日本テレビ）、「花王名人劇場」（関西テレビ）、「THE MANZAI」（フジテレビ）などが有名だ。日本の芸能史上、漫才そのものが流行現象として湧き起こったのは、このときが初めてだったのではないだろうか。個々の漫才師に人気が出たことはあったとしても、漫才全体がブームになることはなかったし、ありえなかった。それが、漫才そのものが丸ごと日本列島全部を巻き込み、社会現象と化していった。

たとえば、八〇年十二月三十日放送の「THE MANZAI」の視聴率。関東で三十二・六％、関西で四十五・六％を記録した。驚異的、いや脅威的な数字だった。だが、翌年には潮が引くように、番組は終わりブームも去った。かに見えたのだが、じつはこの年の五月から始まった「オレたちひょうきん族」（フジテレビ）が高視聴率を稼ぐ人気番組となっていた。この番組は漫才コンビを解体させて個々に出演させるというオキテ破りを堂々とやっていた。とはいえ、おおざっぱに言って、関西勢に押されっぱなしの東京勢、という構図には見えたのだが。

それまでテレビの脇役だった漫才が主役になり得るという意味を、またしても日本中に知らしめた。もちろん、これは今日まで続いている現象といえる。ただし、この「漫才」は多分に関西弁のそれだった。

私が越谷のフィリピンパブに踏み込んだのは八五年（昭和六十）の初夏の頃合いだったから、そんな時代だったということになる。バブルとお笑いの鳴動が響きあう時期だったかも。

さて、フィリピンパブでのこと。

機関銃のように乱発する私の東京漫才批判を聴いていたトリロー氏、「そこまで言うんなら、漫才の台本を書いてみろ」と爆弾を投下。売り言葉に買い言葉だったかどうかは知らないが、数日後、トリロー氏から私に電話がかかってきた。まじめな人だった。

「話はつけてあるから、新宿末広亭に行ってくれ」

押っ取り刀で出かけた私。心躍る気持ちで夜の新宿をめざした。そこで、新山絵理・真理という新人の女性漫才師を紹介されたのだ。私の新たな人生のゴングが鳴った。

まったく不思議なことなのだが、私はトリロー氏とはフィリピンパブで会っただけで、それ以降一度も会ったことがない。運命のいたずらというものか。

笑芸作家となる

新山絵理・真理は、当時ともに二十代。小さくてかわいいボケ役の絵理と、細身で毒舌のツッコミ役の真理のコンビだった。

新山えつや・ひでやの門下で、一九八二年（昭和五十七）にコンビを組み漫才デビューしていた。八四年（昭和五十九）には「ザ・テレビ演芸」（テレビ朝日）の「とび出せ笑いのニュースターー」コーナーでチャンピオンとなって注目され、八五年（昭和六十）には「お笑いスター誕生!!」（日本テレビ）にも出演していたが、いまいちの評価に終わっていた。

私が彼女らに台本を書き、演出をさせてもらうことになった。この役は、私で四、五人目だったらしい。相性がよくなかったのだろうか。

紹介されるや、いの一番に漫才を見せてもらった。うーん。大いに不満足だった。そこで私の思うまま、抜本的に変えることにした。メリハリつけて、スピーディーに変えていったのだ。

半年後、つまり、八六年（昭和六十一）一月に行われた「第三十四回ＮＨＫ漫才コンクール」で最優秀賞を受賞してしまった。「してしまった」というのは、願望はあっても誰もが予想しなかったまったくの無印だったので、関係者一同はびっくり仰天した、という次第だったからだ。とりわけ、所属するマセキ芸能社の柵木眞《まきせまこと》社長の喜びようはなかった。大いに感謝され、落涙も滂沱のありさま。私は私で、こんなたやすいものでよいものなのかと内心照れくさかった。

皮肉なことに、「ＮＨＫ漫才コンクール」はこれを最後に「ＮＨＫ新人演芸コンクール」と改称し、落語といっしょのコンクールとなってしまった。東京での人材不足がその理由だったという。

絵理の結婚で八八年（昭和六十三）にはコンビは解消してしまったが、私には演芸の台本を書く仕事が舞い込むようになる。多くの芸人さんにネタを提供したが、お笑いの台本は、すぐに客の心をつかまなければならず、のちに小説スタイルを確立させる上で大いに役立った。

名刺には「笑芸作家」という肩書を刷り込んだ。これはかつて秋田實が使っていたという。東京では誰も使っていないようだったから、堂々と使わせていただいている。

その頃になると、落語家ともつきあいが増えてきた。私自身、落語というものにも関心を持つようになってきた。というか、それまでは、目黒名人会に通って落語になじみはしても、本腰入れて落語と向き合うなんていうことは、思ってもみなかった。

落語の演目は二千以上もあるらしいが、『増補　落語事典』（東大落語会編、青蛙房）には八百ほどが載っている。一般に二百も知っていれば相当な落語通として尊敬される。それが世間の通り相場だ。次第に、私はそのくらいの噺はゆうに知り得るようになっていった。それほど落語家とのつきあいが深くなっていった。落語の演目は、のちに小説を書くにあたっての強力な「栄養源」となり得た。犬も歩けば棒に当たるとはこのことか。私はついている。

芸人さんに台本を書くと、浅草演芸ホールの客席でチェックし、近くの呑み屋で反省会を開く。浅草が、より身近に感じられるようになった。二〇〇八年（平成二十）に浅草公会堂で一日だけ復活した「デン助劇場」では、脚本と演出を担当した。満員の客席から拍手喝采をちょうだいしたときは感激した。浅草は私に多くのことを教えてくれた訓導のような街である。浅草には感謝している。

ワタシが語る畠山健二

騙されないでください!

宮地眞理子
（タレント）

15年以上前のこと。お笑いコンビを組んでいたとき、畠山先生に弟子入りした。だから先生は私の師匠。世間の人が抱く先生のイメージは……。気さく、気配りの達人、面倒見が良い、義理人情に厚い、エロおやじ、などなど。すべて当たっている。当たってはいるのだが……。私は知っている。先生の本当の姿を。

先生は怖い人だ。常に冷静沈着。見切りをつけるのが早い。かといって態度には出さない。こちらが手を抜いていたらバッサリ斬り捨てられてしまうのだろう。こんなに厳しい人はいない。だから先生は私にとって永遠に緊張する存在。行動力、独創性、求心力……。何をやっても永久に勝てっこないし。

そして先生はときおり、深い言葉を吐く。二人で呑んでいたとき、真剣な表情でこう言った。

「宮地。SEXはエロ、キスはファンタジーなんだよ」

なんという意味不明な説得力。師匠、これからもついていきます。私は死ぬまで弟子です。

宮地眞理子　ミステリーハンターだけではなく、役者としても活躍する畠山氏の愛弟子。酒豪。

第二章 「志ん生」!?「志ん朝」だろ！

創作の秘密は「落語」

前章では、恥ずかしながら、私が物書きになるまでの経緯を述べた。

さまざまなエピソードの背後に、私が『本所おけら長屋』を執筆するにいたる経緯が見え隠れしているのだろう。

そう、私にとって『おけら』という作品こそは、私の来し方の総決算なのだと思っている。これまでの人生から学んだ多くのものが作品に込められている。この章からは、『おけら』創作の秘密を具体的に述べてみようと思う。

と言いたいところだが、その前にもうひとつ。

読者のみなさんに、ひとつわかっておいていただきたいことがあるので、まずはそれをのたまう。

「落語」について、である。

ひょんなことから、私の人生で切っても切れない腐れ縁となってしまった落語。この章では落語と落語家について少々述べてみたい。

小説が文学の王道ならば、落語は演芸の王道かもしれない。漫才がテレビでこんなに台頭してはいても、寄席では落語が主役である。ここで私が落語について述べることは無駄ではないはずだ。

落語家なる人たち

現在、落語家と称する人々は、日本中に八百人ほどいるといわれている。歌舞伎役者は三百人、大相撲の力士が六百五十人だというから、寄席の収容人員から想像してもちょいと多いような気もする。東京、大阪どころか、仙台にも名古屋にもいる。はたまた、岡山や金沢にだっているというから驚きだ。プロの落語家が、である。

それもこれも、二〇〇五年（平成十七）から始まった落語ブームが原因だ。あれから人気は衰えないどころか倍加して、いまや空前絶後の人気ともいわれている。太平洋戦争が終わった直後の東京では、落語家は百人もいなかったそうだから、それに比べれば昔日の感なのかもしれないが。

ただし、落語家が多いからといって、笑いのとれる落語家が多いとはかぎらない。小説家だからといってそれで食えてるわけじゃない、というレトリカルクエスチョンに近い。

ぶっちゃけた話、立ち芸（漫談ふうの芸）で私に勝てる落語家がどれほどいるのか、ということだ。

あまりいないのが現状だ。ああ、言っちまった。

よく、結婚式や真打ち披露なんかで私がマイクを握ってしまうと、会場のあちこちでこんなひそひそ声が聞こえるのだ。

「司会の落語家さんよりおもしろいんじゃない？」

「落語家さんは落語をやればおもしろいんでしょうけど、こんな素人さんに負けちゃうなんてね」

やったぜ。ちょっとうれしい。

この人たちはいったい、人を笑わせる資質を備えているのだろうか。そんなことを熟慮した上でプロをめざしたのだろうか。ひと握りの落語家を除き、大学のオチ研出身で落語家になったような方々は、私と競うのはちょっと難しいだろう。

私がどうしても気になる落語家は、古今亭志ん生（五代目）と次男の古今亭志ん朝（三代目）。この二人だけだ。

たしかに、少年時代に通っていた目黒名人会の頃は、桂文治や林家三平にはしゃいではいたが、大人になって、笑いのプロになって、どうしても気になってしかたがないのは、志ん生と志ん朝だけなのだ。

志ん生は人生が際立っている。そのプロフィールこそ、落語家の超エリートコースではないか。次に述べるので読んでいただきたい。

かたや、志ん朝の落語は至高だ。私は『落語研究会　古今亭志ん朝全集　上・下』（ソニー・ミュージックダイレクト）というＤＶＤを日がな大画面で見ては楽しんでいる。飽きない。懲りない。落語鑑賞は志ん朝に尽きる思いだ。

この全集には不思議なことに「五人廻し」が二席収録されている。最初は「どういう編集をしてるんだよ、すっとこどっこいが」といぶかしんだものの、すぐにわかった。精巧にして練達の表現。繰り出される演じ分けの妙技。他の追随を許さない話芸の極み。しみじみと味わえる幸福感に酔うだけのひととき。至福のとき。登楼して廻して女郎に振り回されてみたくなる心持ちになってくる。これこそが話芸の極みではないか。極言すれば、私の「落語」とはこの二人の芸をさしているだけなのかもしれない。

「志ん生」本を出す

志ん生について語ろう。

一九九三年（平成五）十一月、私は『志ん生！　落語ワンダーランド』という本をある出版社から出した。

出したとはいっても、これは版元の編集だったからコピーライトは「畠山健二」ではない。印税ではなく、原稿料が振り込まれた。しょぼかったなあ。なのに、三刷三万部までいった。くやしい。あの売れない出版社でよくもまあ、あんな本が出せたもんだなあと、今になると不思議に思う。

この本は、志ん生の存在をいま改めて見直そう、志ん生を通して落語を知ろう、という主旨のものだった。志ん朝が志ん生を襲名するとかいう噂が流れていた頃でもあった。志ん朝は志ん生を襲名することなく、二〇〇一年（平成十三）十月一日、みまかったのだが。

やる気だけはあるが落語などよくわかっていないボンクラ編集者を、私がそそのかして企画を出させたのだった。案の定、社の企画会議では幹部連が難色を示した。あるボケ幹部は「いまどき落語なんてカビの生えたチーズ以下だろ。出してどーすんの」とボンクラ氏を面罵。「酢豆腐でげす。落語本は志ん生にかぎりやす。てへへ」とか言って切り返せばよいものを、田舎出のボンクラ氏にそんな粋な芸当もできず、悔し涙に暮れるだけ。うーん、このすっとこどっこいが！

それでも企画は通ってしまった。ある高名な作家が病に伏したことで月間点数に欠が生じたことによる、営業上の埋め草だったらしい。

刊行してみたら、案に相違して売れた。

ボンクラ氏の分析ではこうだった。趣味の本というのはどんなジャンルにもファンが三万人付いているものだから、相撲でも歌舞伎でも茶道でもＳＭでもポルチオ性感でも、三万部を上限に売りさばけるものなのだ、ということ。そうか。ならば、ボケ幹部はその論理を知らなかっただけか。この版元はまもなく消滅した。

この企画、古今亭志ん生についてのオマージュ本でいくはずだったのが、ボケ幹部連の思いつき要求（たいていはズレていた）にボンクラ氏が抗しがたく、全体の半分は志ん生を、残り半分は落語入門に振り分けた、なんとも中途半端な構成となってしまった。

しかも、予算の関係上、ページ数が決まっていたため、あらかじめ発注した記事を載せるには級数を著しく落とす必要があり、わずかな束《つか》に文章がまるまる凝縮されたものとなった。

期せずして、世の落語ファンには随喜の書の到来となり、ボケ幹部には迷惑不届きな愚書と映った。

志ん生はキラーコンテンツ

だが、この本をつくる過程で知り得たことは少なくなかった。

志ん生のＣＤやカセットテープなどは、落語全体の売り上げの四割を超えているのだという事実。今でもあまり変わってはいないようだ。

志ん生という落語家は、じつはとんでもないキラーコンテンツだったのだ。

今でもどこかの出版社などが落語の名人シリーズを刊行するときは、決まって第一巻は「志ん生」というのが通り相場である。売れるのだ。「文楽」や「円生」ではだめだ、ということ。ここは重要だ。

落語の世界にはさまざまな落語家がいるのだから、そのさまざまな話芸を味わえると思うだろう。こういう考え方は健全な博愛主義に根ざしているのだろうが、その実、とても聴いちゃいられない落語家が九割以上ものそのそしている、という現実をも知っておかなくてはならない。小説だからといってどれもおもしろいわけではない、というのと同じである。

落語界も小説の世界も受け口は広い。家柄も学歴も容姿も年齢も関係ない。最大の特徴は医者や弁護士のように、誰にでもできる仕事ではないのに資格が必要ないということだ。だからモノにならない人が大多数を占めるが、天才を生み出す可能性も広がる。

先ほど、日本中に落語家が八百人と記したが、落語家でなんとか食えているのはそのうちの百人もいない、といわれている。小説家はもっと苦しい。そんなものだろう。

ここをあらかじめわかっていないと、落語の本当のおもしろさはわからないのである。

その志ん生だが、NHKの大河ドラマ「いだてん」では、森山未來が青年時代、ビートたけしが熟年時代の志ん生をそれぞれ演じていた。森山未來の演技は白眉だったたな。二人の息子（馬生と志ん朝）まで演じてしまうなんて、どうかしてる。切れ過ぎだ。なにもそこまでしなくても、ね。「いだてん」は大河ドラマ史上、ワースト視聴率を更新したようだが、私は好きだ。大河ドラマとしてどうなのかは知らないけど。

「志ん生」という落語

いまどき、志ん生を知るにはまずウィキペディア。ものすごい情報量だ。これを一読すれば、そのおおよそがわかる。でも、それではこの本を買っていただいた方々に失礼千万である。ウィキペディアに載っていない情報を中心に、志ん生について足早に述べてみたい。

古今亭志ん生、本名は美濃部孝蔵といい、一八九〇年（明治二十三）六月五日の生まれ。家は旗本ながら、明治になると例の秩禄処分で家は没落。父は財産を使い果たして巡《じゅん》邏《ら》（巡査）となり、美濃部家は細民所帯に堕した。

孝蔵少年は品行が悪く、家出して浅草あたりをふらついていたところ、たまたま橘《たちばな》家《や》円喬（四代目）の芸に惚れ込んで落語家に。

まあ、実際には三遊亭小円朝（二代目）に弟子入りしたらしいのだが、志ん生自身は死ぬまで「円喬に入門した」と言い張り続けていた。

十歳下の三遊亭円生（六代目）は語っている。

ただ志ん生が落語界に入った時、名人だった橘家円喬の弟子になったてえ話は、ウソだと思いますな。だって最初の芸名が朝太でしょう。円喬の弟子だったら喬太でなくっちゃいけない。円の字をつけるのは二ツ目以上だから、このへんが、どうもあやしい。小円朝について地方巡業に行ってますから、小円朝の弟子なら、朝太という芸名は合いますあね。

（「週刊朝日」一九七三年十月十二日号）

周りは志ん生の言っていることを疑わしく思っていたようだ。

しかしまあ、そんなことはどうでもよい。孝蔵がぞっこん惚れた落語家が円喬だった、ということがはっきりしていればよいだけのこと。

円喬は円朝の弟子だった。

三遊亭円朝は幕末と明治をほぼ半分ずつ生き、一九〇〇年（明治三十三）八月十一日に逝った、希代の落語家だ。「怪談牡丹燈籠」「真景累が淵《しんけいかさねがふち》」「塩原多助一代記」など、四十余に及ぶ創作で知られる。こさえた噺もピカ一ながら、演じても当代一だった。山岡鉄舟や井上馨など明治政府の顕官の贔屓を受けて、落語の地位向上にも尽くした。

弟子の円喬、こちらはもっとうまかったらしい。夏の暑い盛りに「鰍沢《かじさわ》」を演じた。雪のくだりになると、寄席客の団扇や扇子を煽る音が聞こえなくなった。語り草である。

円喬という人は人間的には底意地の悪さが見え隠れして、なんとも万人向けではなかったようだが、すこぶる魅力的な話芸を備えていたらしい。

ちなみに、円喬は円朝が逝く三日前に見舞っている。八月八日だ。その頃しくじっていたので、師匠に会いにくかった。だが、もう師匠は病に伏して余命いくばくもない。円喬は練った。晩年、臨済宗から日蓮宗に改宗した円朝。八のつく日は日蓮宗では縁日だ。師匠も怒るまいと。当たった。師弟、涙の別れ。円喬はリアルでも秀逸な演出力だった、といえるかも。

三語楼で窯変

おもしろいことに、後年、志ん生が弟子入りすることになる柳家三語楼（初代）も、最初は円喬に入門していた。

三語楼は円喬を崇拝していた。

「おれが死んだら、師匠（円喬）からもらった袴をはかして棺桶に入れてくれ」

そう言っていたというから、相当なものだった。

志ん生からも三語楼からも崇拝されていた円喬。

「いだてん」では松尾スズキが演じていた。うまかったなあ。あんなだったのかなあ。そんなかんじがしてしまうよなあ、なんせ、現物を知らないんだから。

柳家三語楼は横浜の生まれ。

家が運送業だったせいか、セント・ジョセフ・インターナショナル・カレッジ出身というからふるってる。卒業後は外国人が経営する商社勤務も。当時の落語家としては珍しいことで、英語がしゃべれたらしい。円喬の死後は、談洲楼燕枝（二代目）を経て、柳家小さん（三代目）の門下となり、三語楼を名乗った。

三代目小さんとは、夏目漱石が愛してやまなかった名人である。「彼と時を同じうして生きている我々は大変な仕合せである」と『三四郎』の中で書いているのは有名な話。

その威光を受けてか、三語楼も大正から昭和初期あたりまで人気を保っていた。

志ん生はといえば、債鬼に追われ続け、落語界ではさまざまなトラブルをこさえては干され続けていたから、誰か人気絶頂の門下に潜り込もうと必死だったに違いない。

友人の柳家金語楼のとりなしで、三語楼門下に入れてもらえた。金語楼は三語楼の弟子だった。当時の三語楼は、マクラ（落語の導入部）に英語を入れるなどのナンセンス落語で大いに受けていた。

「ヘビって虫はなんだい。日本語かい、英語かい」

「英語です」

「なんで？」

「ヘー、ビー、チー、デー」

こんな具合。

今では苦しいが、当時は受けたらしい。志ん生の落語をCDなんかで聴いていると、このマクラにぶつかることがある。笑ってしまう。何度聴いても。頭のてっぺんから空気が抜けてるような高っ調子の物言い。笑ってしまう自分がうれしい。ここが志ん生のすごいところか。

志ん生は三語楼の作をパクっていたといわれる。

三語楼の家が火事になったとき、近火見舞《きんかみま》いのそのどさくさに紛れて三語楼のネタ帳をかっぱらって自分のものにしてしまったというのは、落語家仲間では有名な話らしい。先の「ヘー、ビー、チー、デー」はまさにそのひとつだろう。志ん生と英語はいくらなんでも相性悪い。崩し過ぎだ。

三語楼は一九三八年（昭和十三）六月二十九日に逝った。

志ん生が本格的に人気出てきたのはその頃からのようだ。窯変《ようへん》である。

落語家の芸なんか、本人が死んでしまえば、それっきりだ。とりわけ、CDもDVDもない時代なのだから、人気落語家の芸だって、時間とともに人の記憶から遠ざかっていく。志ん生が平気で「ヘー、ビー、チー、デー」とやっても客は疑いもなく笑ってくれる。

志ん生の次男は志ん朝だが、本名は強次という。これは三語楼の命名。一九三八年(昭和十三)三月十日生まれで、その日は陸軍記念日だったから「強」が付いた。知ればなんてことないが、その三か月後には三語楼はいないのだから、縁ある命名だろう。見えないなにかがつないでいるような。私にはそう感じる。

売れない頃の志ん生

売れてない頃の志ん生、とりわけ極貧時代を記した新聞記事を見つけた。落語評論家も取り上げていないようだから、紹介しておこう。評論家も知りそうもない記事をぜひお読みいただきたい。一九二九年(昭和四)頃の志ん生(当時は柳家甚語楼)についての人物評である。表記は読みやすいように直した。

ちょいちょい芸名を変えるのはあまり策の得たものではなく、この男などもそのために存在を知られていない上、こんにちははなはだ不遇の位置に甘んじ、金語楼派の雑兵になって兵隊劇や寸劇だのジャズなどへ使われているが、一時は真打ちで看板をあげたこともあり、しん馬を前名としていた過去を持っている。したがって、本当にやらせればずいぶん大物もかつぎ出して、どうにかこうにか消化してのけるところ、時勢がよければ相当の位置にも昇るべき芸だのに惜しいもの。見たところはモヅモヅして引き立たないのは名人肌というわけで、甚五郎と洒落たのかもしらねど、妙に円右を張ったりする癖を除け、自分を出して精進すれば独特の味もあるのだから、大成もしよう。とにかく、このまま埋もれ木にしたくない良材なことは保証する。

（読売新聞、「講談落語一百人」四十九、一九二九年十一月七日付）

この頃（昭和初期）が人生でいちばんくたびれていたのかもしれない。「円右を張ったりする癖」とある「円右」とは、三遊亭円右（初代）のこと。円喬と張り合うほどの名人だった。「二代目三遊亭円朝」を襲名したのに、一度も高座に上がることなく肺炎で

逝ってしまった。不運の人。
円右の芸風は、円生の証言でうかがえる。興味深いので読んでもらいたい。
茅場町・宮松亭での落語研究会で、本番の朝に音曲師の三遊亭橘園に「庖丁」を教えてもらい、高座に上がった。こんなので大丈夫なのかと傍目にも不安げに映るが、案の定、話しているうちにど忘れしてしまった、というのだ。

楽屋ではもう、明らかに忘れちゃったってことが判って、『さァ困ったねェ』ってんですが、教えるわけにもいかず、どうするだろう、お客様はダレやァしないかしらんてんで心配して、同じようなことをとっくり返しひっくり返し十分間ほどもやったが、ようやくその間に先の方を思い出して、どうやら噺がおしまいになったんで、楽屋ではもう、みんなほッとしました。ところが、お客様の方にはそれがちっとも判らなかったらしい。ですから、非常に腕はあったんですねェ。だけども、そういういいけぞんざいなことをするんです。

（『寄席育ち』、六代目三遊亭円生、青蛙房）

円右の性格はずぼらで、稽古もろくにしないで噺を演じたのにもかかわらず、聴衆には不自然に聴こえなかった、というのだから、不思議なものだ。なんだかすごい話だが、志ん生はこんなぞろっぺいな（だらしない）円右にあこがれていた、ということなのだろう。

志ん生の生き方には、円右と三語楼のそれをなぞったところがあるのかもしれない。円喬、円右、三語楼。志ん生が仰いだ落語家たち。その奥には円朝が見える。円喬と円右は円朝の弟子だし、円右は二代目円朝を襲名したほどだし、三語楼は振り出しが円喬門下だったたし。志ん生の芸は頼りなくか細いながらもたしかな感触で三遊亭円朝につながっていたのだ。

「すべての道はローマに通ず」をもじって、「すべての落語は円朝に通ず」といってみたいところだが、そうはいかない。円朝と無縁の落語家も数多い。運よくも志ん生は円朝に通じていたのだ。古今亭は三遊亭の系統だから、三遊派の落語家という自負が終生備わっていたのだろうか。と、そんな研究、誰かやってくれ。ばかばかしくて、私はとてもやらないんで。

志ん生逸話あれこれ

志ん生のエピソードは数えきれないほど散らばっている。話に尾ひれが付いた眉唾ものもありそうだが、志ん生の人となりがうかがえるものも多い。あまり聞かない話をいくつか取り上げてみよう。

宇野信夫がある座談会で語っている逸話である。

甚語楼の頃の志ん生は、橋場に住んでいた宇野信夫をよく訪ねていた。本所なめくじ長屋から歩いてくるのだ。

志ん生が「痔が悪くて、うちの便所じゃ寒いんで、デパートの便所へ行くんだけど、血がザーッと出るんです」なんて言ってるのを聞くたびに、宇野は「かわいそうだけど、この人はこれっきりだなと思っていた」とのこと。落語家のていをなしていなかったのだろうな、きっと。

麻生芳伸から聴いた話。やはり甚語楼だった頃のことだ。

志ん生は家にも帰らず、柳家金語楼の下宿に居候していた。売れっ子の金語楼が寄席に出かけようとする間際、志ん生は金語楼を剥いで柱にぐるぐる巻きに。金語楼の着物を羽織って寄席に行き、「金語楼です」となりすまして高座に上がってしまう。客はちょっと変とは思ってもさほどの騒ぎにはならなかった。信じがたい話だが、志ん生はおのれが落語することしか関心がなかったらしい。志ん生とは不思議な神経の人だ。

またも円生の証言。

日本橋に酒樽が並んでいる店があった。お膳があって、しじみ汁、こぶの佃煮など置いてあって酒以外は無料。そこへ志ん生が弁当持参で入っていき、めしを食おうとしたら店の者に怒られた。当たり前だ。けっこうせこいなあ。

次の宇野の証言なんかは味わい深い。

志ん生には、いつも自分の生活を客観視するというのか、貧乏でつらいなあと思わずにそれを第三者になって味わうというところがあったらしい。たまに臭くなった余りのごはんを家で握って、筋向かいの大家（管理人）の庭に来る雀にやろうか思って投げたら大家に当たって怒られた。「あんたは家賃も払わないで臭いものをぶつけた」って。そこで志ん生はもらいものの柿があったのでどうぞって差し出したら、大家がさらに怒る。「にぎりめしをぶつけたり柿を出したり、猿蟹合戦じゃありません」って。

これなんか、もうすでに小噺になっている。宇野は「志ん生は人の言ったことをよく味わっている」と感心している。まったくだ。

化けた志ん生

志ん生は、酒と女とばくちにうつつを抜かしつつも、落語の修行には抜け目なく邁進していった。志ん生にとって落語は、酒、女、ばくちと同列だったのかもしれない。気合の入れ方が同じという意味である。

それでも金の始末が悪くて羽目をはずし続けて、長い長い極貧生活の繰り返しだったのだが。結婚しても四人の子宝に恵まれても、めったに家には帰らず、それ者《しゃ》上がりと同棲したり、仲間うちを泊まり歩いたり。改名は十六回。債鬼から逃れる方便だったといわれている。戦前だってそんなに債鬼は甘くないだろうから、これは伝説と化した話だ。酒や金がたたっての師匠や席亭のしくじりが大半だったようである。

もうだめかという頃、一九三四年（昭和九）になってやっとこ客がつき始めた。人気に本腰が出てきたのは三語楼の死後、一九三八年（昭和十三）あたりから。四十八歳になっていた。

戦中には空襲が怖くて円生と満洲に渡り、彼の地で敗戦を迎える羽目に。死亡説も流れながらも、帰国したのは一九四七年（昭和二十二）一月。新聞記事になるほど、みんな待ちかねていた。

その後は順風満帆、桂文楽（八代目）と人気を二分していった。五六年（昭和三十一）には「お直し」で芸術祭賞を受賞。「文部省も粋だね。女郎買いので賞くれるなんて」の一言は効いていた。

志ん生の品行は褒められたものではなさそうだ。だが、品性はといえば、ぎりぎりのところで保たれていたように見える。それは、落語の錬磨にすべてを投入してきたかに映る半生だからだろう。

落語界の宝

落語界での美濃部家の存在はまことに大きい。

志ん生、馬生、志ん朝。三人もの名人上手が出ているのだから。まるで梨園のようだなあ。

志ん生の次男、強次が古今亭志ん朝となる。落語界の至宝である。

志ん生と妻りんとの間には、女二人と男二人、計四人の子がいた。末っ子が志ん朝だった。

長女の美津子は長じて志ん生のマネージャーを務めた。次女の喜美子は三味線豊吉に入門、豊太郎を名乗って斯界の人となった。

長男の清は金原亭馬生（十代目）。本所に住んでいた五街道雲助は馬生の弟子だった。

前述の通り、志ん朝は父志ん生が売れ出した頃の誕生だ。ほかの三人と違って、一家の極貧生活を知らない子供として生まれ、志ん生にかわいがられながら育った。

ドイツ語を一年生から教育する獨協高校に入ったことから、ドイツ語を操る外交官にあこがれた。思いが高じて東京外国語大学を受験したのだが、失敗。

ならば役者に、とめざそうとしたが、志ん生の「外交官も役者も家柄がよくなければ上にはいけない」というわかったようなわからないような説得で、落語家に転向。外大の功績は絶大だ。

志ん生に入門したものの、芸そのものは文楽に師事した。「おやじはおやじ、おれはおれ」。志ん生のような芸風はしょせん無理との判断からだったのだろう。志ん生を追うことなどできっこないわけだし、自分流の落語をめざすしかないという覚悟の上でのことだったのだ。

それがいざ高座に上がったら、周囲は仰天した。

キレがある。臨場感が漂う。スピードが小気味いい。端正なたたずまい。そして色気。調子のよい声調。明るくて、花があって、滑らかな口跡。聴く者すべてを酔わせる。そして、聴き終えた後のすがすがしさも。

その評価は師匠連からも席亭(寄席の社長)からも抜群で、入門五年ながら三十六人抜きで真打ち昇進が決まった。一九六二年（昭和三十七）三月のことである。その半年前には志ん生が病床に伏した。美濃部家は悲喜こもごもだった。

その頃の志ん朝を私は聴いていないが、「志ん朝の絶頂期は真打ちになるあたりだ」などと唱える人もいるほど。う一ん、どうすりゃいいんだ。

談志という才能

志ん朝に思いを巡らすと、私はいつも談志を思い浮かべてしまう。

立川談志。落語ばかりか、日本の古典芸能のかなりの深いところまで精通した不世出の傑物だ。『現代落語論』などを著わす評論家でもある。

志ん朝よりも二歳上。入門で五年遅い志ん朝を、誰よりもかわいがっていた。志ん朝も彼には従順だった。

談志は一九五二年（昭和二十七）四月、柳家小さん（五代目）に入門。前座の頃からすでに頭角を表していた。寄席以外でも、日劇ミュージックホールや新宿松竹文化演芸場にも常連で出演。コントや漫談にも長けていて、その多才ぶりは瞠目《どうもく》に値した。舞台に赤シャツにジーンズで登場するスタイルは、落語家でありながら、どこか洋風の香りを漂わせる。

そんな彼に脅威が押し寄せた。志ん朝の台頭である。

まさかの志ん朝真打ちへ。志ん朝の芸を知る人は肯ずるところだろうが、それでも、年功序列の落語界がそんな破天荒をしでかすわけがない。と、周囲はたかをくっていた。かたや、ひょっとして志ん朝が真打ちに、との思いも去来した。

当時の落語界は娯楽の多様化から衰退傾向にあった。寄席に来るのは高齢者ばかり。若者が来ない。ジリ貧だったのだ。

そこで起死回生とばかりに、あるいは、志ん朝に抜けられては一大損失とばかりに、志ん生、文楽、円生の重鎮は策を練った。それが、志ん朝の真打ち昇進という、ウルトラCだった。

志ん朝の三十六人抜きには、談志も入っていた。談志は、年功序列の秩序が乱れるからと、志ん朝に辞退を勧めた。おれは全員抜いたと思っているから辞退はしない、と志ん朝も拒んだ。

こうも言っている。

これは上の人たちのうちの親に対する世辞だと思う。だけど、自分もまったく駄目でもないと思う。ひどけりゃ、「いくらなんでもそれは」ということになったと思う。

（「SWITCH」、一九九九年一月号）

志ん生に真打ちを勧められた当初は「勘弁してくれ」とぼやいていた志ん朝も、ここまで来れば、談志はじめ先輩落語家たちに毅然とした態度で臨んだのだろう。

厳しい徒弟の世界、なおかつ実力の世界だから、ほかの落語家たちには、強引なことをされても文句は言えない。黙っているしか手はなかったのだろう。

ついに真打ち昇進

そして、上野の鈴本演芸場での真打ち昇進披露がやってきた。

二十四歳の志ん朝は、初日に「火焔太鼓《かえんだいこ》」を、四日目には「明烏《あけがらす》」を演じた。仲間は度肝を抜かれた。

「火焔太鼓」は志ん生の、「明烏」は文楽の十八番《おはこ》だったからだ。そんな芸当、ふつうはやらない。師匠連と巧拙を比べられるのは必然だからだ。それをあえてしでかしたのだから、その時点で志ん朝自身に相当な自信が備わっていたのだろう。

キレと臨場感が本領だ。新米真打ちが軽々と乗り越えてしまった。客は喜んだ。沸いた。寄席に客が戻ってきた。世間はどはずれた落語家の到来を目撃したのだった。

以来、志ん朝は落語界を牽引していくことになる。

それを受けて、若手の「落語四天王」と呼ばれる不定形なユニットも生まれ、ほかの落語家にもテレビやラジオで活躍するチャンスが数多く巡ってきた。

志ん朝は志ん朝で、映画やテレビドラマの出演が増えていった。「若い季節」（NHK）、「サンデー志ん朝」（フジテレビ系列）、「鬼平犯科帳」（NETテレビ系列）など。錦松梅のCMも記憶に残る。「おせちもいいけどカレーもね」ではない。「中身もいいけど、器もねえ」という、あれ。

知己の編集者Oは、少年時代から志ん朝の顔はテレビで見慣れていたが、まさか高名な落語家だったとは知らなかった、と告白していた。二十世紀を生きた者として恥ずかしいことである。Oは秋田県の出身だった。

さて、談志。

抜かれたことはがまんがならなかったはずだ。志ん朝の真打ち披露の期間（一九六二年三月下旬）、談志（当時は二ツ目小ゑん）は都内の演芸場を休演している。よほど悔しかったのだろう。

不思議なことに、彼は志ん朝の真打ち昇進に独特な反応を示していた。「あいつは人間が描けていない」と文芸評論家めいた物言いしつつも、「もし金を払って他人の芸を聴くとしたら、寄席芸では志ん朝しかいない」とも称賛する。嫉妬はむらむらしつつも、批評者としてのぎらぎらした洞察も忘れてはいない、ということか。談志の真打ち昇進は志ん朝の一年後だった。

とまれ、志ん朝の衝撃はすさまじかった。

そうこうしながらも、志ん朝の芸には勝てないと、談志はどこかで覚悟したのだろう。それが、真打ちになってからのさまざまな談志の活動展開からうかがえる。「笑点」立ち上げ（企画を持ち込んだのは談志だった）、参院議員として言動、落語協会分裂騒動、落語立川流の創設……。

自分の独演会に遅れたり、ドタキャンしたり、はたまた、客とけんかしてみたり。それでも、談志のファンは聴きに行く。落語を聴くのではない。談志を聴くのだ。こういう境地には、さすがの志ん朝もいたれていないだろう、と。そういうものを「イリュージョン」と呼んだのだろうか。落語を聴くというよりも、時局講演を清聴するというかんじか。談志の「迷宮」にいざなわれる快感に酔うファンたち。

あれもこれもの彼の言動は、すべてが志ん朝への鞘当てのように見えてくる。志ん朝にはとうていできない奇妙な世界を次々と見せびらかしていく。そんなことの繰り返し。

志ん朝が亡くなるまで続いた。

そしてもうひとつ。談志は志ん朝をライバルとは言わなかったという。自分のほうが年上で、アニさんで、一枚上、という思いがつねにあったのだろう。談志は志ん朝を酒席に誘っては、落語論議に引きずり込もうとしたとも。志ん朝は決して乗らなかった。志ん朝は志ん朝で、こんな議論は不毛だと思っていたのかもしれない。

結局のところ、談志は志ん朝を超えられなかったのだと思う。

「志ん生」と「志ん朝」

志ん朝の魅力を語れば尽きない。

キレとスピード。さらには、口調のよさ、声の大きさ、表情の明るさ。テンポのよさも。緊張感あふれる志ん朝のスタイルは、それまでの落語芸を変えてしまった。そして、落語を生まれ変わらせた。現代の落語家たちは大なり小なりなにがしかの影響を受け、引き継いでいるかのようだ。

志ん朝が若い頃、文楽は「円朝を襲名できる人だ」と志ん生に勧めたことがあったという。その時点で「円朝」は止め名（誰も襲名できない芸名）となっていた。その上での文楽の一言。文楽の惚れ込みぶりがわかろうというものだろう。

一九九三年（平成五）の頃だったか、東京は箱崎のロイヤルパークホテルでは、志ん朝のランチ付き独演会を五千円で、柳家小三治（十代目）のそれを四千五百円で募っていた。五百円安いことで小三治が怒っているという噂も聞いたが、真偽のほどはわからない。志ん朝のプラス五百円は落語界修繕の手間賃かも。それにしても、たった五千円で志ん朝がたっぷり聴けるなんて、これほどの贅沢かつ至福のひとときがあろうか。今となっては昔日の夢でしかないのだが。

私は、暇を見つけては志ん朝を見ている。

何度見ても、繰り返して見ても飽きが来ない。高座での志ん朝のたたずまい、あらゆるものが粋に映る中、噺に耳を澄ませると、江戸の光景が浮かんでくる。

「井戸の茶碗」の細川家のお屋敷前でのやり取り、「大工調べ」の大家に向かって放つ悪態、「黄金餅」の道行きの言い立て……。

すべてがあざやかな色模様となって、私の脳裏に見事な映像をつくってくれるのだ。漱石ではないが、志ん朝と同じ時代を過ごせた幸せをつくづくかみしめる。

かたや、志ん生。

こちらは、俄然あこがれの人だ。あんな生き方、私にはとてもできっこない。いや、私の来し方を顧みれば、まるでほど遠いものがあった。だからこそ、あこがれるのだろうか。

粋か野暮かといえば、微妙なところで粋となるだろうか。いやいや、この人の場合、粋や野暮の二元性を超えてしまっている。「志ん生」という美意識なのである。

「志ん生」と「志ん朝」。どちらもいい。もはや、両者をはずして生きることはできない。結局のところ、私の中には「志ん生」と「志ん朝」が同居しているのだな。つくづくそう思う。

ワタシが語る畠山健二

人たらしの師匠

山崎真由子
（フリーランスの編集者＆物書き）

ひょんなことから畠山師匠（そう呼ばせていただいております）と一緒に、ある地方の書店さんの応接室にいた。出版社の営業さん＆広報さんと一緒だ。当然、出版社サイドが「先生と一緒に参りました。なにとぞ『本所おけら長屋』をお願いします！」とPRするのだと思っていた。

ところが口火を切ったのは師匠だった。師匠が話すひとつひとつは説得力に満ちていた。「新刊が出ました、よろしく」なんて予定調和で終わらない。“なぜ、この地を訪れたのか”“いずれはこの地をテーマとした話を書く”うんぬん。いや、決して「書く」とは明言していない。けれども師匠のなめらかな口上に、そこにいた全員「ここが『おけら長屋』の舞台に⁉」と思わされてしまったのである。

書店さんはもとより私も（笑）、すっかり師匠に幻惑された。30分ジャスト、多くを語らず＆語らせず。師匠の頭の中に存在する登場人物のように、われわれは意のままに操られた。そんな気がした。

山崎真由子　畠山氏が敬意をこめて“隊長”と呼ぶ敏腕編集者。酒と下町をこよなく愛す。

第三章　「下町」は落語でできている

ちょっと復習

前章までのサマリーを記そう。

「よくわかる畠山健二」である。

「若大将」シリーズから美意識を悟り、「日本一」シリーズから処世術を学んだ。学校ではまったく学ばなかった。関西のテレビ局で「お笑い」を徹底的にしごかれた。漫才台本でプロ稼業に。落語は「志ん生」と「志ん朝」にかぎる。以上。

なんだ、これだけかよ。

いやいや、生身の畠山健二はそんなものではない。まだまだ引き出しがあるのだ。

ここからは、第一章、第二章を踏まえた上で、「下町」について、私なりの思いを述べていきたい。

え？　『おけら』創作の秘密を早く教えろって？

まあそう、せかさない、せかさない。じきなのですから。いま少し私の無駄口におつきあいください。

下町的生き方とは

私に関することで、他人さまにはあまり知られたくないことがある。

じつは私という人間は、几帳面にできている。

待ち合わせに遅刻したことは一度もない。原稿の締め切りは必ず守る。執筆依頼を受ければ、三日後には編集部に送っている。

「江戸者の生れそこない金を溜め」のようなことも、大いにやっている。もりそばは蕎麦猪口で泳がせてたぐっている。

「エロネタやってもセクハラなし」の迷言通りに、女性とはおかしなことには決して及ばない。たぶん。きっと。いや、まれにあるかも。おそらくハニートラップにも引っからないだろう。そんなことを仕掛けてくるやつも、いやしないだろうが。

本当のことをバラすと、私は志ん生とは真逆の人生を歩いているかに思える。だから、志ん生にあこがれるのだ。

談志という人はおそらく、そのじつ小心者で几帳面な男だったのだろう。私とおんなじだ。笑えないな。

うーん。困った。これでは先に進まないではないか。

では、ちょいと視点を変えてみよう。

助っ人として、池波正太郎先生のご意見を引き合いに出してみたい。下町的生き方の達人ともいうべき人。江戸っ子の条件というのは二つあるというのだ。

迷惑をかけないこと。

律儀であること。

これだけだが、なるほど。たしかに。おっしゃる通り。粋なかんじ。

では、それを踏まえた上で、畠山流下町的生き方の条件を述べてみよう。それはこういうことになる。


品行が悪いけど、品性のよいやつ。


こんな人が友達にいたのなら、ぜひとも大切にすべきだ。実際にはあんまりいないだろうし、このタイプこそが人間としておもしろい人なのだから。

具体的にはこういう人である。

人間がバカで、女癖悪かったり、ばくちで損したりする日々なのだが、それでも人を裏切ったり、騙したり、陥れたりは絶対にしない人。人の手柄を横取りしたりもしない人。

粋な人だ。こんな人が周りにいたら、あなたは幸せといえる。

そういう私、畠山健二がそのカテゴリーにあてはまるかどうかは別の問題ではあるが。

ま、このテーマは本書のキモだから、しつこく何度も述べていくことにする。

では、「品行が悪いけど、品性のよいやつ」の典型例をお示ししよう。

落語「文七元結《ぶんしちもっとい》」に登場する長兵衛という男である。この男、なにやってんだ、といぶかしんでしまうのだが、いざ有事となると、じつに粋な行動に出る。粋というのを具体的に行動してみると、そこには「やせがまん」があるように見える。言い換えれば、「やせがまん」に通じる心意気こそが粋である、ということなのだ。

「文七元結」は三遊亭円朝の作品。落語の演目の中でも白眉である。筋だけ知っていて損はない。人生、豊かになる。以下、あらすじを。

「文七元結」のあらすじ

本所達磨横町に住む、左官の長兵衛。

腕はいいが博打に凝り、仕事もろくにしないので家計は火の車。

博打の借金が五十両にもなり、年も越せないありさまだ。

今日も細川屋敷の開帳ですってんてん、法被一枚で帰ってみると、今年十七になる娘のお久がいなくなったと、後添いの女房お兼が騒いでいる。

成さぬ仲だが、あんな気立ての優しい子はない、おまえさんが博打で負けた腹いせにあたしをぶつのを見るのがつらいと、身でも投げたら、あたしも生きていないと、泣くのを持て余ましていると、出入り先の吉原「佐野槌《さのつち》」から使いの者。

お久を昨夜から預かっているから、すぐ来るようにと女将さんが呼んでいると、いう。

慌てて駆けつけてみると、女将さんの傍らでお久が泣いている。

「親方、おまえ、この子に小言なんか言うと罰が当たるよ」

実はお久、自分が身を売って金をこしらえ、おやじの博打狂いを止めさせたいと、涙ながらに頼んだという。

こんないい子を持ちながら、なんでおまえ、博打などするんだと、きつく意見され、長兵衛、つくづく迷いから覚めた。

お久の孝心に対してだと、女将さんは五十両貸してくれ、来年の大晦日までに返すように言う。

「それまでお久を預り、客を取らせずに、自分の身の回りを手伝ってもらうが、一日でも期限が過ぎたら、あたしも鬼になるよ。勤めをさせたら悪い病気をもらって死んでしまうかもしれない、娘がかわいいなら、一生懸命稼いで請け出しにおいで」

と、言い渡されて長兵衛、必ず迎えに来るとお久に詫びる。

五十両を懐に吾妻橋に来かかった時、若い男が今しも身投げしようとするのを見た長兵衛。

抱き留めて事情を聞くと、男は日本橋横山町三丁目の鼈甲問屋・近江屋卯兵衛の手代・文七。

橋を渡った小梅の水戸さまで掛け取りに行き、受け取った五十両をすられ、申し訳なさの身投げだ、という。

どうしても金がなければ死ぬよりない、と聞かないので、長兵衛は迷いに迷った挙げ句、これこれで娘が身売りした大事の金だが、命には変えられないと、断る文七に金包みをたたきつけてしまう。

「懐から出した金、もう一回納めるなんてできるわけねえだろ」と。

一方、近江屋では、文七がいつまでも帰らないので大騒ぎ。

実は、碁好きの文七が殿さまの相手をするうち、うっかり金を碁盤の下に忘れていったと、さきほど屋敷から届けられたばかり。

夢うつつでやっと帰った文七が五十両をさし出したので、この金はどこから持ってきたと番頭が問い詰めると、文七は仰天して、吾妻橋の一件を残らず話した。

だんなは、「世の中には親切な方もいるものだ」と感心、長兵衛が文七に話した吉原・佐野槌という屋号を頼りに、さっそくお久を請け出し、翌日、文七を連れて達磨横町の長兵衛宅を訪ねると、昨日からずっと夫婦げんかのしっ放し。

割って入っただんなが事情を話して厚く礼をのべ、五十両を返したところに、駕籠に乗せられたお久が帰ってくる。

夢かと喜ぶ親子三人に、近江屋は、文七は身寄り頼りのない身、ぜひ親方のように心の直ぐな方に親代わりになっていただきたいと、これから文七とお久をめあわせ、二人して麹町貝坂に元結屋の店を開いたという、「文七元結」由来の一席。

究極のやせがまん

志ん朝によれば、この演目、佐野槌の女将を演じるのがいちばんのポイントなんだそうだ。

世間の狭間に位置して、観音さまにも鬼蛇にも変貌してしまう人、肝心要の役割だし。たしかにそうかもしれないな。名人の洞察はやはり違うものだ。

ま、それはともかく。

長兵衛は文七に一度出した五十両を下げない。

ここがやせがまんの真骨頂だ。とんでもない場に出くわせてしまった。娘が女郎になってもしょうがない。ここは文七の命を助けるのがなによりも第一、もう後には引けない、という究極のやせがまんの体現だ。

あなたは、こんなやせがまんができるだろうか。うーん、難しい。ここが粋か野暮かの分かれ目となる。「懐から出した金、もう一回納めるなんてできるわけねえだろ」といえるだろうか。

長兵衛ほど馬鹿げたことはできないが、私は、懐から出した金は決して引っ込めない。その前に金を出さないのだが。

志ん生を再考

もう一度、志ん生を考える。

ウィキペディアの記載では、「博打や酒に手を出し、放蕩生活を続けた末に家出。以来、二度と実家へ寄り付かず、親や夭折《ようせつ》した兄弟の死に目にも会っていない」とあった。

こういう人こそが、落語家になるべき超エリートコースに乗っかっている人なのではないか。資質というやつだ。この人は落語をするために生まれてきたのだ、きっと。

志ん生には勝てない。

みんなそう思うのだろう。息子の志ん朝だって、そう思ったからこそ、文楽に稽古してもらって、どちらかというと文楽めいた芸風を築いていったのだろう。

談志だってそうだ。談志が明治大学に行かずに落語家をめざしたときだって、小さんばかりか、志ん生だって、文楽だって、円生だって活躍中だった。だけれども、松岡克由（談志の本名）はあえて小さんに師事した。志ん生に師事したところで、自分らしさが死んでしまうんじゃないか、と脳裏をよぎったのではないだろうか。

談志は初めから師匠を御《ぎょ》すつもりで落語界に乗り込んでいったのではないか。御しやすい師匠を選んだ、ということか。

こういうふうに、みんなが思ってしまう志ん生とはとんでもない落語の怪物だろう。大学に入ってオチ研で落語を勉強しました、ＣＤ買って聴きました、ＤＶＤ買ってよく見ました、なんてんでやってる連中からしたら、志ん生に勝てるわけがない。

志ん生は、桂文楽に金を借りるのに、もう質草がないので、子供のうちの誰かを質に入れようかと思ったというエピソードがある。いくらなんでもそれは、と思うのだが、志ん生の「後生鰻」。あれを聴けばうなずける。

鰻屋、いつも魚を買い取ってくれるご隠居が前を通るから、なにかないかと調理場を探したが、ご隠居に売り尽くして鰻も泥鰌も鮒も、なにもない。じゃあとばかりに、家の赤ん坊をまな板に載せ、庖丁でさばこうとするくだり。

これは実話が元だったのかよ。ひえ〜。

そんな人に勝てるやつはいないだろう。

ならば、志ん生の芸は、粋か野暮か。うーん、どちらとも言いがたい。言ってみれば、そういう概念をはるかに飛び越えた人なのかもしれない。どこか〃いっちゃっている〃人。それは言えそうだ。

言葉を換えれば、「志ん生」というブランドができしまっているように感じるのだ。志ん生のプロフィールを読めば読むほど、「あんた、なにやってんだ」という思いが強くなる。ふつうじゃないのだ。

私がつねづね思うことは、落語は論じたり研究するものではない、ということ。志ん生を論じてどうするんだ。志ん生は楽しむものだろう。味わうものだろう。論じたり、研究したり、その時点で、もう野暮なのだと思う。

天狗連《てんぐれん》もそう。粋な人いないのが彼らの真骨頂だろうな。まあ、好きな人たちが迷惑かけずに律儀にやっていればいいいんですけどね。でも、時間の無駄のような。

吉原《なか》決死隊

私が独身だった頃の話だ。

若手編集者たち数人が吉原《なか》に乗り込もうということになった。ただ行くのではつまらないから、先達《せんだつ》さんを探そう、ということになった。「先達さん」というところで、もうすでに「大山詣り」「富士詣り」じみてて落語臭ぷんぷん。その先達を私が引き受けることになった。私は椿三十郎か。もう六十郎だが。

繰り返すが、私が独身だった頃の話である。

今は知らず、その頃の私は吉原《なか》でちょいとした顔だった。なじみの店のオーナーに決行数日前に電話をかけた。委細がってん承知の助との快い返答。日頃のねんごろなつきあいが功を奏しているわけだ。これぞ、「日本一」シリーズで学んだ成果である。トップとの駆け引きこそ、人生の重要事項。勝負の分かれ目だ。

討ち入り前夜の午後十時。吉原《なか》は大門《おおもん》、見返り柳の前で集合した。集うは私を含めて五人。店に乗り込む。上がり部屋に通され、店長が現れる。「明日、出番の子はこの十人です」と美しく撮れている顔写真を持ってくる。もちろん、テーブルにはコーヒーや茶菓子なんかも。十枚の写真から五人が選ぶ。当然、好みもダブる。次第に声高となり喧噪いやます。そこで交渉が始まる。自分はこれこれこういう理由でこの子を敵娼《あいかた》に選びたい、てな具合だ。これが連中、ふるっている。さすがは編集者。よくもこんなにことばを尽くすよな。話し合いで決着がつかなければ、まずは先達である私に意見を求める。「あ、その子、あんときの声が甲高いよ」とか「写真よりも太ってるぞ」とか。こういう先達の意見を参考に方針転換する者もいれば、「太ってるんですか。じゃあ、僕はどうしてもこの子。デブ専なんです」などという、思わぬホンネも聴かれて、それはそれは楽しい興奮を楽しめる。

五人の予約が済んだ。さて、明日に備えて、「末っ子で餃子でも食らおうか」と誘えば、「餃子？　口臭で嫌われちゃ元も子もないので、米久で肉でもつまんで帰りましょう」「こんな時間じゃやってないでしょう。そこに吉野家があります」

これも楽しい。軽くやってわいわいのうちに解散するのだが、めいめいにともされた欲望の炎はめらめらと燃え上がり、明日まで待てるかどうかも危うい。

当日が来た。吉原《なか》には早く乗り込むのが上手な道。午後六時、吉原神社の鳥居前で集合だ。五人いれば通りで拉致されることもない。彼らは得てして気が弱いから、呼ばればふらふらとパイラーに連れていかれてしまうのだ。

店に乗り込む。血流がみなぎる。心は勇み立ち、身体は不自由をかこつ。座りなれないソファで、源氏名が呼ばれるたびに一人ずつ向こうの通路に消えていく。赤穂浪士の切腹もかくや。そして、ソファには誰もいなくなった。

数時間後、末っ子で飲む生ビールは至上のうまさだ。餃子にパクつき、炒飯をほおばりながら、合評会だ。合評会といっても、文芸系のしんねりむっつりではない。打ち上げみたいなものだ。そう、みんなめいめいに発射したわけだし。

「畠山さんの言ってたように、背中に入れ墨彫ってました。観音さまの。極彩色エロかった。暗がりでうごめく肢体は、ううう。もうたまりません。後ろからのとき、思わず合掌しちゃいましたぁ」

「畠山さんの話をしたら、あの子、懐かしがってましたよ。今度電話くれって、言ってました」

「いやあ、あんなに興奮したのは初めてでした。畠山さんのご指導通り、最後の一回にすべてをかけました」

「粋な年増でした。やっぱ、女は四十過ぎなきゃだめ。そうっすよね、畠山さん」

おいおい。いちいち私を出すなって。常連であることがバレバレだろうが。

「同じ罪」をおかした思いの者同士の集い。話のなまなましさと、みんなが敵娼の顔写真を見ていることも相まって、なにか共有する思いが湧き出るものだ。一味同心とはこのことか。

そんなわけで打ち上げは成功。吉原決死隊の夜《なか》は愉快に更けゆく。

解散前に、私から編集者たちに一言。

「いいか、君たち。今夜の快楽はどうして享受できたのか、よーく思い起こしてくれ。明日の快楽のためには、杭は打っておくことなんだぞ」

杭とは、いまさら言うまでもないことだが、トップの首根っこである。どんなやり方でもいいから、とにかく、トップをつかまえて胸襟を開かせること。これに尽きるのだ。

これは私が独身だった頃の懐かしい思い出である。念のため。くどいな。

これには異聞があった。

同じ会社の編集者仲間ながら、このメンバーに参加しようとしなかった男がいた。高学歴、高所得、高身長をウリにしている自称エリート編集者Hだ。日頃、「僕は学歴で苦労したことありません」などとほざいている。粋じゃねえな。むかつく。

私が軽い気持ちで誘ったら「ソープ？　僕はそんなとこなんか行きませんよ」と拒否された。つれない。

数日後、驚くべきことがわかった。

編集者Hが出張校正で編集部を留守した日だった。同好会の一人がライターを何気なく探していたら、Hの机上にわれわれが親しんだあの店の名が目に飛び込んできた。「なんだ？」とよく見たら、あの店が客に配るライターだった。というのが、たちまち評判を呼んでしまった。

なんでだよ、あいつ。いっしょに行けば楽しさを分かち合えたのになあ。匍匐前進して孤独の戦いを果たしてきた風情である。野暮だなあ。

この遊びは、表面上は「女とやりたい」というのを大前提にしているだけのことだが、それをいかに楽しめるか、おもしろくできようか、というのが眼目となっている。決行一週間前からわくわくわくものだし、興奮と喜びを分かち合えるし、付加価値の高い遊びなのだ。終わった後にも、体験をめいめいが報告し合うとか、事後にもかかわらず、たいそう盛り上がるのである。まったく愉快ではないか。

そんなことをして楽しんでいる天狗連は、いないだろうな。天狗連なら、「錦《にしき》の袈裟《けさ》ですかい」くらいのことはほざくかもしれないが。

かつて、円楽一門なんかは、真打ち披露が終わったら、手伝ってくれた後輩を全員吉原に連れていくというしきたりがあったものだ。今では「僕は行きません」などと迷惑がるらしい。麻雀同様、吉原に行かない連中が多くなってきたという。落語家で、どういうことだ。

先日、三遊亭兼好と対談していたら、その話題が出た。

「そんなんで、廓噺《くるわばなし》ができきんのかな」

「いやいや、先生、今の若い連中には、みんな理屈付けができてるんです」

「え、どんな？」

「そんなら、泥棒の噺をするときに泥棒しなきゃなんないんですか、と聞いてくるんです」

「げ、ほんとに？　野暮だなあ」

志ん生が高座でよく言っていた。

「こんなこと学校じゃ教えてくんない」なんていうフレーズ。

世の中には、表の知識と裏の知識があるものなのに、学校じゃ教えてくれない裏の知識のほんの一端をいま志ん生が教えてくれる。人生で、あとあと役に立ったのは裏の知識しかなかった、ということなのに。どうしたことか。みなさん、そんなんでいいんですか。もっとちゃんとやりましょうよ。

天狗連が言っていた「錦の袈裟」のあらすじを次に掲げる。学校で教えてくれない情報が満載だ。

「錦の袈裟」のあらすじ

町内の若い衆が「久しぶりに今夜吉原に繰り込もうじゃねえか」と相談がまとまった。それにつけてもしゃくにさわるのは、去年の祭り以来、けんか腰になっている隣町の連中が、最近吉原で芸者を総揚げして大騒ぎをしたあげく、緋縮緬《ひぢりめん》の長襦袢《ながじゅばん》一丁になってカッポレの総踊りをやらかし「隣町のやつらはこんな派手なまねはできめえ」とさんざんに馬鹿にしたという噂。

そこでひとつこっちも、意地づくでもいい趣向を考えて見返してやろうという相談の末、向こうが緋縮緬ならこちらはもっと豪華な錦の褌をそろいであつらえ、相撲甚句に合わせて裸踊りとしゃれこもうということになる。

幸い、質屋に質流れの錦があるので、それを借りてきて褌に仕立てるが、あいにく一人分足りず、少し足りない与太郎があぶれそうになった。

与太郎、女郎買いに行きたい一心で、鬼よりこわい女房におそるおそるおうかがいを立て、仲間のつき合いだというのでやっと許してもらったはいいが、肝心の錦の算段がつかない。

そこでかみさんの入れ知恵で、寺の和尚に「親類に狐がついたが、錦の袈裟を掛けてやると落ちるというから、一晩だけぜひ貸してくれ」と頼み込み、なんとかこれで全員そろった。

一同、予定通り、その晩はどんちゃん騒ぎ。

お引け前になって、一斉に褌一つになり、裸踊りを始めたから、驚いたのは廓の連中一同。

特に与太郎のは、もとが袈裟だけに、前の方に袈裟輪という白い輪がぶーらぶら。

そこで「あれは実はお大名で、あの輪は小便なさる時、お手が汚れるといけないから、おせがれをくぐらせて固定するちん輪だ」ということになってしまった。

そんなわけで、与太郎はお殿さま、他の連中は家来だというので、その晩は与太郎一人が大もて。

残りは全部きれいに振られた。

こうなるとおもしろくないのが「家来」連中。

翌朝、ぶつくさ言いながら殿さまを起こしに行くと、当人は花魁としっぽり濡れて、起きたいけど花魁が起こしてくれないと、のろけまで言われて踏んだり蹴ったり。

「おい、花魁、冗談じゃねえやな。早く起こしねえな」

「ふん、うるさいよ家来ども。お下がり。ふふん、この輪なし野郎」

どうにもならなくて、寝床から引きずり出そうとすると、与太郎がもごもご。

「花魁、起こしておくれよ」

「どうしてもおまえさんは、今朝帰さないよ」

「いけないッ、けさ（袈裟＝今朝）返さねえとお寺でおこごとだッ」

こいつには勝てない

知己の編集者Rは、茨城県北部の奥深い山村から出てきて、東京の大学で江戸文学を学んだ。

江戸文学で吉原は重要キーワードだそうで、刻苦勉励《こっくべんれい》の果て、吉原に関する知識をがっちり身に着けた。私の百倍も備えている。

それなのに、私が何気ない加減で「吉原《なか》はねー」と一言いっただけで、「ああ、俺はこの人には勝てるわけない」と悟ったという。

私が少年時代から身につけた下町のさまざま、ばくちや遊びについてのいろいろ。これらを大学でまじめに学んだという人がいるのだからお笑いだ。

この大学では遊郭や色の道を文学理解の基礎知識として、教授が板書しながら懇切丁寧に講義しているらしい。板書の「昆布巻き　性交体位のひとつ」「三角＝陰部のこと」「抜か六　抜かずに六本」などを、女子大生が真剣にノートを取っている。

私には奇妙な光景でしかない。私には空気、見慣れた風景でしかないし、生活の一部分なのだから。抜か六は違うか。

それにしても、すべての落語家が志ん生に勝てないと思う感覚と、編集者Rが私に抱く「勝てない」という気持ち。これは同じものかも。資質を悟るということか。

イメージとしては、もとは、落語家はじめ芸人とか小説家とかは、まともな人がやるものじゃなかった。今はまともな人がやるようになってしまったが。

今の落語家が悪いって言っているわけではないが、志ん生だけを見ていると、なにか強い違和感が消えない。

志ん生には演出的なものが感じられないからだろうか。

刹那の人生で、きょう酒が呑めればいい、ということか。

志ん生は絶壁を経験した人だと周りの者は思っているが、本人は絶壁にいたなど、そんなことは思っていなかったのだと思う。

しかも、ふつうの人なら、絶壁を一度経験したら「おれはもう崖には寄らない」とか思うのだが。志ん生は繰り返している。

だからこそ、そんな人に落語をやられたら、もう「勝てねえな」と悟るのだろう。

語るに「おいしい」人

志ん生をつらつら思うと、思い出してしまう人がいる。

本所にいた近所の男だ。私の父親より五、六歳下だったが、道楽三昧の果てに、家庭は崩壊。しばらくしたら、家で一人寂しく死んでいたのが発見された。

近所の人たちは、「町内の最後の遊び人」「昭和最後の遊び人」とたたえた。

下町では、「遊び人」という呼称をよく使う。「あれは遊び人だから」というのは、褒めことばでもある。

時代がどんどんデジタル化していくにしたがって、「遊び人は」もういなくなっちゃった、というかんじだ。

私なんかも、若い頃には、吉原に行って顔になりたい、向島に行って顔になりたい、というのがあこがれだった。それも消えつつあるのか。

ちなみに、こういう遊び人の孤独死、畠山家では教訓の重しにはなっていない。まったく、語るに「おいしい」人だった。

志ん生、私の三席

ここで、私の好きな志ん生の噺を紹介しよう。

「妾馬《めかうま》」「火焔太鼓」「黄金餅」だ。選んだ基準は、それぞれに私のお気に入りのことばがある。

「妾馬」では、八五郎が「しめこの兎よ」というセリフ。「しめこの兎」とは「占め子の兎」と書く。「しめた」の意味を「兎を絞める」に掛けた、地口《じぐち》。物事が思った通りになったときにいう。占め子は兎の吸い物とも、兎を飼う箱ともいうらしい。今風には「ラッキー」とかいった意味だと思う。

志ん朝は前半を思い切ってカット。八五郎の最後の酔態で悲痛なほど、肉親の情愛と絆を浮き彫りにするように演じていた。下町の人情、肉親の愛情があふれ出ているさまは、ほろりとさせられる。『おけら』に通じるぬくみを感じさせる佳品。いや、大ネタである。八五郎の心の変化を演じるのはなかなか難しい。

ところで、「占め子の兎」というフレーズ、私はこれまでの生涯で四度使ったことがあるのだが、いまだに通じたことがない。残念である。この噺をもっと聴いてほしいものだな。

「妾馬」のあらすじ

丸の内に上屋敷を持つ大名赤井御門守《ごもんのかみ》。

正室にも側室にも子供が生まれず、このままでは家が絶えるというので、この際身分は問わず、よさそうな女を見つけて妾にしようと、町屋まで物色している。

たまたま、好みの町娘が味噌漉《こし》を下げて、路地裏に入っていくのを駕籠の中から認め、早速家来をやって、大家に話させる。

すぐに、娘はその裏長屋住まいで名はお鶴、今年十七で、母親と兄の職人・八五郎の三人暮らしと知れた。

大家は名誉なことだと喜び、お鶴は美人の上利口者だから、何とか話をまとめて出世させてやろうと、すぐに八五郎の長屋へ。

出てきた母親にお鶴の一件を話して聞かせると大喜び。

兄貴の八五郎には、大家が直接話をする。

その八五郎、大家に、お屋敷奉公が決まれば、百両は支度金が頂けると聞き、びっくり仰天。

こうなると欲の皮を突っぱらかして二百両にしてもらい、めでたくお鶴はお屋敷へ。

兄貴の方は、持ちつけない大金を持ったので、あちこちで遊び散らし、結局スッカラカン。

面目ないと長屋にも帰れない。

一方、お鶴、殿さまのお手がついて間もなく懐妊し、月満ちてお世継ぎを出産。にわかに「お鶴の方さま」「お部屋さま」と大出世。

兄思いで利口者だから、殿さまに甘えて、一度兄にお目見えをと、ねだる。

お許しが出て早速長屋に使いがきたが、肝心の八五郎は行方知れず。

やっと見つけ出し、一文なしなので着物も全部大家が貸し与え、御前へ出たら言葉をていねいにしろ。

何でも頭へ「お」、尻に「たてまつる」をつければそれらしくなると教えて送りだす。

さて、いよいよご対面。

側用人の三太夫がどたまを下げいのしっしっだのと、うるさいこと。

殿さまがお鶴を伴って現れ、「鶴の兄八五郎とはその方か」と声をかけてもあがって声が出ない。

「これ、即答をぶて」と言うのを「そっぽをぶて」と聞き違え、いきなり三太夫のおつむをポカリ。

「えー、おわたくしはお八五郎さまで、このたびはお妹のアマっちょが餓鬼をひりだしたてまつりまして」と始めた。

殿さまは面白がり「今日は無礼講であるから、朋友に申すごとく遠慮のう申せ」

ざっくばらんにやっていいと聞いて「しめこのうさぎよ」と安心した八五郎、今度は調子に乗って言いたい放題。

まっぴらごめんねえ、とあぐらをかき、「なあ、三ちゃん」

はてはお女中を「婆さん」などと始めたから、三太夫カリカリ。

殿さまは一向気に掛けず、酒を勧める。
八、酔っぱらうとお鶴を見つけ、感極まって「おめえがそう立派になってくれたって聞けば、婆さん、喜んで泣きゃあがるだろう。おい、殿さましくじんなよ。……すいませんね。こいつは気立てがやさしいいい女です。末永くかわいがってやっておくんなさい」と、しんみり。

最後に景気直しだと都々逸をうなる。

「この酒を止めちゃいやだよ酔わしておくれ、まさか素面じゃ言いにくい、なんてなぁどうでえ殿公」

「これっ、ひかえろ」

「いや、面白いやつ。召し抱えてつかわせ」

というわけでツルの一声、八五郎が侍に出世するという、おめでたい一席。

「火焔太鼓」

志ん生のやる「火焔太鼓」は、金をさし出してかみさんを驚き喜ばせるくだりで笑いがピークに達する。そこで、すーっと落とす筋の運び。粋だなあ。こちらも零細商人をおもしろく描いている。

ここで私が好きなことばは、かみさんの「あァらま、おまいさんは商売がうまい」。それまでぼろくそにけなしていたのに。三百両の効果は抜群だった。

「火焔太鼓」のあらすじ

道具屋の甚兵衛は、女房と少し頭の弱い甥の定吉の三人暮らしだが、お人好しで気が小さいので、商売はまるでダメ。

おまけに恐妻家で、しっかり者のかみさんに毎日尻をたたかれ通し。

今日もかみさんに、市で汚い太鼓を買ってきたというので小言を食っている。

なにせ、甚兵衛の仕入れの「実績」が、清盛のしびんだの、清少納言のおまるだの、「立派」な代物ばかりだから、かみさんの怒るのも無理はない。

それでも、買ってきちまったものは仕方がないと、定吉にハタキをかけさせてみると、ホコリが出るわ出るわ、出尽くしたら太鼓がなくなってしまいそうなほど。

調子に乗って、定吉がドンドコドンドコやると、やたらと大きな音がする。

それを聞きつけたか、赤井御門守の家臣らしい身なりのいい侍が
「コレ、太鼓を打ったのはその方の宅か」

「今、殿さまがお駕籠でお通りになって、太鼓の音がお耳に入り、ぜひ見たいと仰せられるから、すぐに屋敷に持参いたせ」と言う。

最初はどんなお咎めがあるかとビビっていた甚兵衛、お買い上げになるらしいとわかってにわかに得意満面。

ところがかみさんに、「ふん。そんな太鼓が売れると思うのかい。こんなに汚いのを持ってってごらん。お大名は気が短いから、『かようなむさいものを持って参った道具屋。当分帰すな』てんで、庭の松の木へでも縛られちゃうよ」と脅かされ、「どうせそんな太鼓はほかに売れっこないんだから、元値の一分で押しつけてこい」と家を追い出される。

さすがに心配になった甚兵衛、震えながらお屋敷に着くと、さっきの侍が出てきて
「太鼓を殿にお目にかけるから、暫時そこで控えておれ」

今にも侍が出てきて「かようなむさい太鼓を」ときたら、風のようにさっと逃げだそうと、びくびくしながら身構えていると、意外や意外、殿さまがえらくお気に召して、三百両の値がついた。

聞けば「あれは火焔太鼓といい、国宝級の品」というからまたびっくり。

甚兵衛感激のあまり、百五十両まで数えると泣き出してしまう。

興奮して家に飛んで帰ると早速かみさんに五十両ずつたたきつける。

「それ二百五十両だ」

「あァらま、おまいさんは商売がうまい」

「うそつきゃあがれ、こんちくしょうめ。それ、三百両だ」

「あァら、ちょいと水一ぱい」

「ざまあみゃあがれ。俺もそこで水をのんだ」

「まあ、おまいさん、たいへんに儲かるねェ」

「うん、音のするもんに限ラァ。おらァこんだ半鐘（はんしょう）を買ってくる」

「半鐘？　いけないよ。おジャンになるから」

ゴマすりの真骨頂は

またも、植木等を。

『日本一のゴマすり男』である。この最後のチャプターにはこのようなシーンが描かれる。中等を演じる植木等と相手役の細川眉子を演じる浜美枝とのやり取りだ。中等は小型飛行機をアメリカで売れるきっかけを作り、重役としてアメリカ勤務を命じられたのだった。先の「火焔太鼓」と比べてほしい。

等「いつか、僕が一年以内に出世したら君は僕のものになる、は当たったね」
眉「本気なの？」
等「ああ、もちろん。今晩あたりどうかね。ご気分は？」
眉「今晩？」
等「その結果、場合によっちゃあ、正式に女房にしてやってもいいがね」

眉「冗談じゃないわよ。のぼせるのもいい加減にしてちょうだい。あたしはこう見えてもクルマや飛行機じゃないのよ。あたしのこのカラダに流れているのはガソリンじゃなく赤い血だわ。そう簡単に扱われちゃ、かなわないわよ」

等「ははは。まあまあ、興奮しないで」

眉「あら、あたしは冷静よ。なによ。アメリカの支店長になったからって、あなたの人間が偉くなったと思ったら大間違いよ。あなたなんか一人でどこへでも行っちゃいなさい」

等「あ、そうか。いちばん肝心なこと忘れてた。おやじがおふくろによく使ってるあの手だ。うひゃうひゃうひゃー」

シーンが変わって、眉子の前で土下座する等。ここでもゴマすりに徹するのだ。

だが、これはすごい。男が女よりも低いスタンスにいる。「ハイそれまでよ」の歌詞も同様だ。男が女に虐げられている。男はへいちゃらだ。

植木等演じるサラリーマン像は、歌でも映画でもテレビでも、すべて底抜けに明るい自虐スタイルなのだ。

ひるがえって「火焔太鼓」。かみさんの「あァらま、おまいさんは商売がうまい」とは違っているだろうか。どちらが粋に映るか。

いやいや、きっとどちらも同じなのだろう。

甚兵衛は自分の才覚で三百両を手中に収めたわけではない。ただの偶然に過ぎない。ということは、しばらくたつと、夫婦は無駄遣いの果て、懐が心細くなってくる。かみさんがふたたび威張り出す。設定は元に戻るのだ。

中等は眉子と結婚した後も、出世街道を驀進することだろう。しかし、眉子が風上に鎮座ましますのは変わらないはず。これも同じ。

男が風下に吹きさらされて、それでもなんとなく元気に生きていく。ドラマの方向性はともに変わることなく進行する。

中等と甚兵衛、二人の男はともに品性は悪くなさそうだから、私の定義に基づけば、ドラマもおもしろく運んでいくに違いない。『おけら』と同じということだ。

志ん生の「黄金餅」

「黄金餅」は円朝の作といわれている。元の作では、早桶は芝の新網町の長屋から出発する。ならば、麻布は目と鼻の先。たいしたことはない。

それを誰が改作したのか、円喬（四代目）は下谷山崎町から始まる演出をしている。円喬にあこがれていた志ん生はいつかこの噺をかけようと思っていた。おろすあてなどなくても、何年もの間、ひたすら一人で稽古していたのだろう。

「黄金餅」は陰惨な筋だから、円喬が逝ったら誰もやらなくなる。昭和に入ると、忘れられていた。それを、売れ始めた志ん生がかけた。筋は変えないが、随所に志ん生らしいくすぐりを施した。志ん生の噺になったのだ。

この噺、志ん朝もやった。みごとな話芸で、道行きの言い立ては立て板に水、気持ちのよいほど。まるで芸術品だ。

それに比べて、志ん生のは訥々として、いつ間違えるのかと、はらはらどきどきで聴かせてくれる。全部言い終わったその果てに、「ああ、私もたいそうくたびれた」の一言は、自分が積んできたものを台なしにするセリフではないか。あそこまでやったのだから、きれいに収めたいところだろうが。それを、「たいそうくたびれた」はすごい。この一言は志ん生のオリジナル。誰もできないな。

その話を、編集者Tにしたら、彼の反応はちょいと違っていた。彼は、かつて美濃部美津子さん（志ん生の長女）を取材していた。

美津子さんの証言はこうだったらしい。

「お父さんがあれをやると、間違えるんじゃないかと、楽屋の袖ではらはらしながら聴いていたの。木蓮寺までたどり着くと、ああ今日もよかったって、ほっとしたものよ。でも、間違えたことは聴いたことないわね」

なるほど。そうか。ということは、ひょっとして、志ん生はわざとあんなふうに訥々と語って、聴いている客をどぎまぎさせていたのかもしれない。

ならば、「たいそうくたびれた」の一言が言いたくて、あんなふうな演じ方をしていたのか。

その仮説が正しければ、志ん生とは度外れたモンスター落語家といえる。うーん、志ん生め。

「黄金餅」のあらすじ

下谷山崎町の裏長屋に住む、金山寺味噌売りの金兵衛。

このところ、隣の願人坊主・西念の具合がよくないので、毎日、なにくれとなく世話を焼いている。

西念は身寄りもない老人だが、相当の小金をため込んでいるという噂だ。

だが、一文でも出すなら死んだ方がましというありさまで、医者にも行かず薬も買わない。

ある日、「あんころ餅が食べたい」と西念が言うので、買ってきてやると、「一人で食べたいから帰ってくれ」と言う。

代金を出したのは金兵衛なので、むかっ腹が立つのを抑えて、「どんなことをしやがるのか」と壁の穴から隣をこっそりのぞくと、西念、何と一つ一つ餡を取り、餅の中に汚い胴巻きから出した、小粒で合わせて六、七十両程の金をありたけ包むと、そいつを残らず食ってしまう。

そのうち、急に苦しみ出し、そのまま、あえなく昇天。

「こいつ、金に気が残って死に切れないので地獄まで持って行きやがった」と舌打ちした金兵衛。

「待てよ、まだ金はこの世にある。腹ん中だ。何とか引っ張りだしてそっくり俺が」と欲心を起こし、そうだ、焼場でこんがり焼けたところをゴボウ抜きに取ろう」と、うまいことを考えつく。

長屋の連中をかり集めて、にわか弔いを仕立てた金兵衛。

「西念には身寄りがないので自分の寺に葬ってやるから」と言いつくろい、その夜のうちに十人ほどで早桶を担いだ。

わァわァわァわァいいながら、下谷の山崎町を出まして、あれから、上野の山下ィ出まして、三枚橋から広小路ィ出まして、御成街道から五軒町ィ出まして、その頃、堀さまと鳥居さまという、お屋敷の前をまっすぐに、筋違御門から、大通りィ出て、神田の須田町ィ出まして、須田町から新石町、鍛冶町から、今川橋から本白銀町、石町から本町ィ出まして室町から、日本橋をわたりまして、通四丁目、中橋から、南伝馬町ィ出まして、京橋をわたってまっつぐに、新橋を、ェェ右に切れまして土橋から窯町へ出て、新し橋の通りをまっすぐに、愛宕下ィ出まして、天徳寺を抜けて、神谷町から飯倉六丁目へ出た。坂を上がって、飯倉片町、その頃おかめ団子という団子屋の前をまっすぐに、麻布の永坂をおりまして、十番へ出て、大黒坂を上がって、一本松から麻布絶口釜無村の木蓮寺ィ来たときには、ずいぶんみんなくたびれた……。あ、私もたいそうくたびれた。

麻布絶口釜無村のボロ寺・木蓮寺までやってくる。

そこの和尚は金兵衛と懇意だが、ぐうたらで、今夜もへべれけになっている。

百か日仕切りまで天保銭五枚で手を打って、和尚は怪しげなお経をあげる。

「金魚金魚、みィ金魚、はァなの金魚いい金魚中の金魚セコ金魚、あァとの金魚出目金魚。虎が泣く虎が泣く、虎が泣いては大変だ……犬の子がァ、チーン。なんじ元来ヒョットコのごとし、君と別れて松原行けば、松の露やら涙やら。アジャラカナトセノキュウライス、テケレッツノパ」

なにを言ってるんだか、わからない。

金兵衛は長屋の衆を体よく追い払い、寺の台所にあった鰺切り包丁の錆びたのを腰に差し、桐ヶ谷の焼き場まで早桶を背負ってやってきた。

火葬人に、「ホトケの遺言だからナマ焼けにしてくれ」と妙な注文。

朝方焼け終わると、用意の鰺切りで腹のあたりをグサグサ。

案の定、山吹色のがバラバラと出たから、「しめた」とばかり、残らずたもとに入れ、さっさと逃げ出す。

「おい、コツはどうする」

「犬にやっちめえ」

「焼賃置いてけ」

「焼賃もクソもあるか。ドロボー！」

この金で目黒に所帯を持ち、餅屋を開き繁盛したという「悪銭身につく」お話。

志ん生の「鈴ふり」

ウィキペディアの「古今亭志ん生」の項目に、以下の記述があった。表記は本書のスタイルに合わせた。

一九五八年（昭和三十三年）十月十一日、「第六十七回三越落語会」において「黄金餅」をトリで演じる予定であったが、その前の正蔵（八代目、彦六）がその前に似たような内容の「藁人形」を演じてしまった。これは落語会の事務関係者のミスによるものだが、落語界では、一つの興行で同じ傾向の噺が続くことは「噺がつく」と呼ばれるタブーである。正蔵の後に高座に上がった志ん生は、客席に断って演目を変更し、手持ちの噺の中から艶笑噺の「鈴ふり」をたっぷりと演じた。

三越落語会といえば、紳士淑女が集うような催しではないか。そこで「鈴ふり」とは。

志ん生のメリハリの付け方には留飲が下がる思いだ。並みの神経ではできない。たしかに、志ん生は時折、このバレ噺（艶笑落語）を演じることがあった。小咄に「甚五郎作」も付けて、セットで演じるのだ。志ん生は高座ではエロい話はしなかった。下品なことばは使わなかった。だからこそ、このような意表を突く口演はのちのちの語り草になっているのだろう。演じる演目にメリハリをつけるというのは、ファンを喜ばせるものだが、よりにもよって、三越落語会でとなると、さらに驚きだ。

ビートたけしが「いだてん」で志ん生を演じた。嘘かまことかは知らないが、昔、彼がバイク事故で入院していたとき、志ん生の落語を聴いていたという。談志にしろ、たけしにしろ、彼ら天才たちをも魅了してやまなかった志ん生。彼らが逆立ちしても兜を脱がざるを得なかったのが志ん生だったのだということは、まちがいない。これは強く認識しておくべきことだろう。

時折、私はこんなことを思い浮かべたりする。

放蕩三昧で身上つぶした還暦過ぎの男、しゃべりがうまかったら、そこらへんの若い落語家なんかよりも廓噺がうまかったりするかもしれないだろうに、と。だって、この人は廓噺をするためどころか、おのれの発露で廓を通っていた通人なわけだから。吉原にさえ行こうとしない若手なんかはかないっこないではないか。

品行が悪いのはおもしろいあかしだ。品行のよい人なんぞ、おもしろくもなんともない。城山三郎の好著『粗にして野だが卑ではない』に一脈通じるようにも思うのだが。

では、「鈴ふり」のあらすじをどうぞ。

「鈴ふり」のあらすじ

藤沢の遊行寺《ゆぎょうじ》という名刹。

この寺の住職は大僧正の位にあって、千人もの若い弟子が一心に修行に励んでいる。なにせ弟子の数が多いので、さしもの大僧正も、この中から誰を自分の跡継ぎに選んだらよいか、さっぱりわからない。

そこでいろいろ相談した結果、迷案がまとまった。

旧暦五月のある日、いよいよ次期住職を決める旨のお触れが出る。

その当日、誰も彼も、ひょっとしてオレが、いや愚僧がというので、寺の客殿には末寺から押し寄せた千人の坊主がひしめき合って、青々としてカボチャ畑のような具合。

そこで何をするかというと、千人一人一人の男のモノに、太白の紐が付いた小さな金の鈴をちょいと結んで「どうぞ、こちらへ」。

次々と奥に通す。

一同驚いていると、やがて御簾の内から大僧正の尊きお声。

「遠路ご苦労である。今日は吉例吉日たるによって、御酒、魚類を食するように」

ただでさえ生臭物は厳禁の寺で、酒をのめ、それ鰻だ、卵焼きだというのだから、どうなっているのかと目を白黒させていると、なんとお酌に、新橋、柳橋の特選、選りすぐりの芸者がずらりと並んで入ってくる。

しかも、そろって十七、八から二十という若いきれいどころが、色気たっぷりにしなだれかかってくるものだから、普段女色禁制で免疫の出来ていない坊さん連はたまったものではない。

色即是空、空即是色と必死に股間を押さえていると、隣で水もしたたる美女が「あなた、なにをそう、下ばかり向いて」と背中をぽんとたたく。あっと手を放したとたんに、親ではなく倅の方が上を向き、くだんの鈴がチリーン。

たちまち、あっちでもこっちでもチリーン、チリーン、チリチリリーン。

千個の鈴の妙なる音色、どころではない。

そのかまびすしい音を聞いて、大僧正、嘆くまいことか。

涙にくれて、「ああ情けなや。もう仏法も終わりである。千人の全部が全部、鈴を鳴らそうとは」

ところがふと見ると、年の頃二十くらいの若い坊さんがただ一人、数珠をつまぐりながら座禅を組んでいる。

よく聞くとその坊さんの股間からだけは、鈴の音なし。

大僧正、感激の涙にむせび、これで合格者は決まったと、早速呼び寄せて前をまくってみたら鈴がない。

「はい、とっくに振り切れました」

下町の話をもう少しさせていただきたい。「向島」「銭湯」「本所」の三連発だ。

向島

銀座で豪勢な食事をしてから高級クラブに流れ、ホステスをはべらせる。そんな遊びは性に合わない。

長年下町で暮らしていると物事を「粋」か「野暮」かで判断するようになってしまう。私に言わせると銀座の件は「野暮」ということになってしまうわけだ。

粋な遊びといえば花柳界である。

どうせ金を使うなら向島の料亭で芸者遊び。男だったら、誰でも経験したいと思うはずだ。

花柳界は一見さんお断りのところも多いが、遊び人のオヤジが近所にいたり、知人の落語家が出入りしていたりで、敷居はそう高くなかった。たびたび通えるところではないけど。

花柳界では粋人と呼ばれるためのさまざまのことを学んだ。花柳界には独自のしきたりがあり、客にもそれなりの資質が求められる。

座敷での所作振る舞い、祝儀の切り方、芸者の口説き方、すべてが勉強だ。長っ尻も嫌われる。いつまでも呑んでいるのは野暮天だ。風のようにさっと消える粋。

江戸時代に吉原で「野暮な客だね」と陰口をたたかれるのは、江戸っ子にとって万死に値する屈辱。やせがまんをしても粋人を気取るのだ。

向島ではこの数年、なじみの料亭が二軒廃業した。これも時代の流れなのだろう。二軒とも最後の日には、仲間を集めて大宴会を開いた。

せめてもの恩返しである。下町の花柳界で残っているのは浅草と向島だけ。なんとしてもこの文化を守ってもらいたい。

銭湯

趣味はなんですかと尋ねられると「銭湯とディープ酒場です」と答える。そんな私にとって下町はかなり危険なことになっている。

銭湯もディープ酒場も絶滅危惧業種になっているからだ。墨田区役所は保護に乗り出す時期にきている。なんとかしてほしいなあ。

銭湯はやはり一番風呂がよい。

開店前から並ぶのが基本だ。狙い目となる条件は、露天風呂付きだろう。墨田区石原の御谷《みこく》湯、台東区東上野の寿湯は極上だ。

最近は「刺青お断り」なんて銭湯もあるが野暮だなあ。刺青は銭湯の風物詩ですから。

銭湯帰りにはディープ酒場に直行する。

押上《おしあげ》、曳舟《ひきふね》という京成線沿線にはディープ酒場がたくさんあったが、再開発、道路拡張、後継者難などで次々に姿を消している。スカイツリーなんかなくてもいいから、銭湯とディープ酒場を残してほしい。

墨田区京島にある電気湯に行くと、その足で八広《やひろ》の三祐酒場に向かう。三祐酒場は元祖焼酎ハイボールの店として知る人ぞ知る老舗の酒場だ。

現在の店主の祖父が、当時の粗悪な焼酎を呑みやすくするために考えだしたそうだ。下町では独自の焼酎ハイボールを出す酒場が多く、その製造方法は門外不出となっている。

銭湯の一番風呂を堪能し、明るいうちからモツ焼き肴に焼酎ハイボールを引っかける。サラリーマンにならなくて（なれなかったのだが）よかったと思える至福のときだ。

本所

二〇一二年『スプラッシュマンション』で小説家デビューしたが、まったく売れなかった。担当の編集者に「もう一度チャンスをくれ」と懇願して、次作が背水の陣となる。まさに絶体絶命だ。

そして書き上げたのが、『本所おけら長屋』という時代小説。笑って泣ける長屋小説だ。長年、演芸会にかかわってきたので落語テイストの小説が書けると思った。

そして、物語の舞台に選んだのが本所。私が育った場所だ。地の利があるので臨場感も増すはずだ。江戸時代は両国一帯をひとくくりにして「本所」と呼んでいた。

おけら長屋は現在の両国にある設定だ。大川（隅田川）、両国橋、回向院《えこういん》など近くにあるので、物語に使える。両国橋は別れの場面に最適。回向院では相撲も開かれる。

両国から徒歩圏内の清澄白河にある深川江戸資料館には、江戸時代の長屋が忠実に再現されており、座敷に上がることもできる。

小説を書くにあたっては、何度も通い、長屋のイメージを頭にたたき込んだ。今でもアイデアが浮かばないと、足を運び、館内を歩き回る。長屋の住人たちの気持ちになればなんとかなるものだ。

初版一万部でスタートした『本所おけら長屋』はシリーズ化になり、現在で十三巻目。累計百万部を突破。私の愛してやまない下町本所が、私にくれたご褒美なのだろう。

本所おけらシリーズはもう少し続く予定。どこまで頑張れるかわからないが、本所に恩返しをするつもりだ。

ワタシが語る畠山健二

「お醤油ヒタヒタ」と「糠漬」の間

武藤郁子
(『本所おけら長屋』の担当編集者)

畠山先生は、江戸っ子の例にもれず「塩っ辛い」味を好まれる。「刺身は醤油にヒタヒタで食べたいんだ」と言って、刺身皿に醤油をトクトクと注ぐ。しかし一方で、料理上手の先生が手ずから仕立てる糠漬は、ほのかに効いた塩味が絶妙な逸品である。

この糠漬の優しい塩味と「お醤油ヒタヒタ」の間に、私は「粋」を感じている。「白黒つけやがれ」と言い放った次の瞬間、「まあ、そういうこともあらあな」と言う。矛盾しているようだが、どちらもありなんだという世界観。たかが塩味と言うなかれ。先生の日頃の人あしらいにも、『おけら長屋』の物語にも、その差し引きはいかんなく発揮されている。

さすが江戸っ子、粋だなあ——感心しながら箸を進めていると、いつの間にか一人で、糠漬ひと皿たいらげてしまった。そんな私を見て先生が笑う。塩梅のヘタな私は、どうしたって「野暮」なのである。

武藤郁子　『本所おけら長屋』の担当編集者。フリー編集兼ライター。畠山氏に「『おけら長屋』の大番頭」、「保安官」と呼ばれることに生きがいを感じている。

第四章　粋か野暮か

「いき」の構造

本書では粋と野暮の話をさんざんしてきたから、ここでまた改めて粋と野暮について述べたところで、「あんたは認知症か」と思われるのも癪である。

目先を少し変えてみたい。

そうは言っても、粋と野暮についての話題ではあるのだが。

『「いき」の構造』を書いた九鬼周造《くきしゅうぞう》によれば、「いき」という美意識は文化・文政期に深川の遊里で生まれたものだという。

なぜか。寛政の改革で吉原が一時的にすたれていたからだ。本来、吉原で生まれるべきものだったのに。しょうがない。あきらめだ。

話を進めるためにも、いちおう、おさらいをしておきたい。

明和年間（十八世紀後半）、上方（京と大坂）から「通《つう》」が伝わり、江戸で成長した。吉原では「通人」が大流行。当時人気のあった洒落本は「通書」とも呼ばれるほど。洒落本では「通」とはなんぞやというのがおもしろおかしく、いろいろ取りざたされている。

世間のいろいろを知り尽くしている人を「訳知り（分知り）」、遊里に通じている人を「穴知り」と呼ぶ。

穴知りながら訳知りでない人は「半可通《はんかつう》」。

世間も遊里も知らない人は「野暮（瓦智《がち》）」と呼ばれた。野暮はここらへんから使われ始めたことばだった。

さて。

九鬼周造は「いき」という美意識について、さまざまな思いを巡らしている。「いき」の中には三つの概念がひそんでいるという。

①媚態　→　色気

②意気地　→　心の強がり（やせがまん、張り）
③諦め　→　垢抜け

この人、京都帝国大学の哲学者だったから、言うことがいちいち難しい。でも、「色気」「心の強がり」「垢抜け」はことばとしてわかりやすい。

まあ、哲学談義になると私にわかりっこないなのであきらめるとして、私なりの五体投地を試みた。

『「いき」の構造』はじめ関連書に散りばめられた「いき」なるものを拾い集めてみたのだ。これだけでも有益である。なにが「いき」なのかが見えてくるだろう。

縦縞　※唐桟《とうざん》縞など
幾何学模様　※すっきり、細線
抜き衣紋《えもん》
江戸小紋　※単純でさっぱり

潰し島田
銀杏返し
三味線の一糸
左褄《ひだりづま》　※裾さばき
柳　※細い
雨
小指の反り　※手を軽く反らせることや曲げることのニュアンス
背中合わせ
婀娜《あだ》っぽさ　※崩れる直前の色気
なまめかしさ
つやっぽさ
流し目
うつろい
はかなさ

柳腰
ほそおもて
草履をつっかけに履く姿　※足を小さく見せる
薄化粧
湯上がり姿
心中立て　※相愛の男女が誓いを守り通すこと
起請《きしょう》彫り
浮き名ぼくろ
灰色　※深川ねずみ辰巳ふう
褐色　※思いそめ茶の江戸褄に
青色　※青がちの江戸紫
顔で笑って心で泣いて
野暮は揉まれて粋になる
酸いも甘いもかみわけた苦労人

四畳半　※粋なしんねこ四畳半
茶屋建築
床柱と落掛《おとしがけ》
蹴込床《けこみどこ》
船遊山
よその美人に目が行く

どうだろう。

わからないものもあるだろうが、ざっと眺めていくと、「いき」というものがどんなものか、見えてこないだろうか。

「いき」は九鬼先生の発明品ではない。江戸の人々の所産だ。九鬼先生は若い頃から、東京の花柳界（新橋、柳橋など）や遊里で遊んだ経験が相当なものだった。これらはその経験から絞り出してきたものなのだ。大学まで祇園から人力車で通っていると噂されるほどの遊び人だったという。そこらへんの机上学者とはちょいと違っていた。

だからというか、まあ、ここに列挙したものは人によって多少の是否はあるだろうが、そんなに偏ってはいないのではないか。

私流に思いを巡らすと、要は、上品を崩さないと「いき」にはならない、ということ。上品のままでは粋ではない。「品行が悪いが、品性はよい」、これは粋なのだ。志ん生の芸はまさに崩しの芸。志ん生はやっぱり粋であった。小ぶりでほっそり、縦縞、くすんだ色などが「いき」の範疇のようだ。花柳界というのも「柳」は相性がいいらしい。浮世絵で見る雨模様。斜めの縦縞だ。細い縦の線が重要で、「いき」の最たるものだという。そうか、そうなのか、というかんじ。

視点を変えて、当時の文芸を見てみたい。私の見解では、こういうことになる。為永春水《ためながしゅんすい》の『春色梅児誉美《しゅんしょくうめごよみ》』。これは人情本と呼ばれるジャンルのものだが、会話が中心の小説だ。『おけら』に近い。ということは、人情本は落語に近い形態ということになる。粋だ。

一方、読本というジャンル。滝沢馬琴の『南総里見八犬伝』がその代表例だが、こちらは地の文で進んでいく。今となっては読みにくい。いや、誰も読まない。こちらは講談に近い形態といえる。野暮だ。

なら、浮世絵はどうか。春信、歌麿、広重などいろいろいるが、ここでは葛飾北斎を例にして考えてみたい。

北斎の粋

覚えておられるだろうか。私は下目黒で生まれ育ち、その後、本所に移ったことを。

葛飾北斎の『富嶽三十六景』には、「下目黒」と「本所立川」という絵がある。なんだか、私は富士見とかかわっていたようなのだが。ここに注目したい。

「本所立川」の絵では、描かれているのは材木置き場の風景だ。

何本もの材木が縦に立てかけられている。職人がせわしなく働いている風景だ。絵柄からは縦縞に映る。

粋だ。かっこいい。動きがある。流れるようだ。ああ、なるほど、これが江戸の粋か。そう思える一枚になっている。

「下目黒」はどうか。

描かれているのは、丘陵地にあった幕府の御鷹場から碑文谷村方面を見た風景。富士が小さく見える。

あたりの地形は起伏に富む丸まった丘陵の尾根。ぐにゃぐにゃに伸びた松が一本、農家の藁葺き屋根、隣には積み藁。こちらの絵では、縦縞も幾何学模様もあまり見えない。なににもまして、下目黒は富士見の名所などではなかったという。近くの行人坂から見る富士山は有名だったというのに。さまざまな絵師がすでに描き切っている行人坂を選ばず、北斎は坂を下り目黒川を渡って、無名の土地の富士山を描いたのだった。

北斎の個性が明確に出ている。へそ曲がり、天邪鬼である。つまり、これは選択そのものを崩しているのだった。これも粋といえるということだ。

九鬼周造先生が出した「いき」なるものの数々には、善悪という価値基準はない。あくまでも、当時の人々がとらえた美意識から選んできたに過ぎない。そこに、私が唱える「品行」「品性」という善悪の価値基準を出して、九鬼先生のそれとを組み合わせると、さまざまな状態を粋か野暮かで判定できてしまう。

一方で。野暮とはどんなものか。

先の見えない人
仕事にも気づかない人
不精ったらしのものぐさ
理屈っぽくて、ああでもねえこうでもねえ
あげくが自分勝手
わがまま
約束の時間に出てこない
ずうずうしくて出しゃばり
割にキザッペ
けっこう派手好き
悪趣味
ハチで

自慢話
他人の悪口を平気で言う
うそ八百

出久根達郎氏の『粋で野暮天』（文集文庫）による。このように見てみると、「ああ、なるほどね」と納得できるものが多い。ここまでで、やっと粋と野暮の具体例を出せた。これでイメージの焦点が合ってきたかと思う。

極私的マイブーム

私の女優の好みは相当偏っている、と思っていた。今は、石田ゆり子のファンではあるが、これまでの人生で、私が胸を焦がした女優は、今では世間が忘れ去りがちな人ばかり。あえて、列挙してみよう。

風祭ゆき
未來貴子　※旧芸名は高山さつき、園みどり
筒井真理子
遊井亮子

思いを焦がした順に並べてみた。

え、知らない？　四人とも、知らないの？　それは、しょうがない。諦めだ。すでに粋の境地である。

この四人、みな痩躯なのである。柳腰、ほそおもて。おお、粋であった。そうか。私は無意識のうちに、若い頃から「いき」を探し求めていたのだなあ。絶対音感ならぬ「絶対いき感」みたいものが備わっていたのかもしれない。

あの千葉県の大学でも、キャンパスにはまったくなじめなかった。大学そのものが野暮のかたまりだったのだろう。今ではそんなふうに理解している。

このように、九鬼周造がかき集めた「いき」の素材は、身の周りのさまざまなものを

粋か野暮かと二元的なとらえ方で切り分けることができる。よくわからないが、「一人哲学」を楽しめるというツールのようである。

それならば、私が日頃なじんでいるもので「いき」の加減を見てみたい。弁当を材料に。

シウマイ弁当

崎陽軒《きようけん》のシウマイ弁当である。

横浜発で、関東地方でしか食べられない。弁当界の志ん朝だろう。粋の極美といえる。

崎陽軒では、横濱チャーハン、炒飯弁当、横濱ピラフなども出ているが、具現化された粋をまざまざと知るにはシウマイ弁当にかぎる。四角い箱の中身は以下の十一種類。無駄なものがひとつもない。

シウマイ五個　※グリーンピースは中に練り込まれている

厚焼き卵
鮪つけ焼き
紅白蒲鉾
鶏唐揚げ　※なんでこんなに薄味なのか、真意は不明
筍煮　※味が濃いので酒の肴によい
杏甘煮
切り昆布
千切り生姜《しょうが》
黒ゴマ付き俵型ごはん　※八等分に区分けされている
梅干し
※付属物としては醤油とからしのパック

崎陽軒では、偏食性の熱烈なファンのために、鶏唐揚げや筍煮を増やして構成比を変えた弁当が限定販売されたこともあった。なぜ花園を踏み荒らすのか。野暮というもの

だろう。

そもそも、弁当という小宇宙は、茶室、盆栽、根付《ねつけ》、印籠、文房四宝《ぶんぼうしほう》などと同じく、人がこねくり回して愛玩する、なんとまあ、じつにかわいらしい対象である。愛玩小宇宙だ。われわれの父祖が気づき、育てていった誇れる文化なのだ。光源氏も若紫をこんなふうに愛玩し育んだのだろう。『源氏物語』、読んだことはないが。

さて、シウマイ弁当。

主役のシウマイは、豚肉、タマネギなど九種類の材料が使われている。弁当として冷めてもおいしいように、干しホタテ貝柱が練り込まれてある。一九二八年（昭和三）にシウマイ弁当を主力商品とするにあたり、点心界の権威、呉遇孫をわざわざ呼んで、決定版のレシピを作ってもらった。この人は「シウマイ爺」として名を残した。中国広東省の出身で、順海閣創業者である呉笑安の父君とのこと。

シウマイ爺は試行錯誤の末に、一晩、水に漬け戻しした干し帆立貝柱と豚肉を使うことを考案したのだった。なにやら「鉄拐」を彷彿とさせるではないか。

さらにシウマイは、たとえ列車の激しい揺れにでも、いつでも一口でほおばれるよう、直径は三センチぴったりの小ぶりサイズにつくられることになった。

私は、このシウマイを食べる前に、からしを縦に長くつけておく。縦縞だ。粋の始まり。そうすると、切っても半分ずつからしがついた状態になっている。食べやすい。

さらに、ごはん。真骨頂である。これは釜で炊いた月並みではない。蒸気で蒸したものを使用している。粒の立った固めの食感。俵型のユニットを箸でつまめば団子のように簡単にすくい取れる。そのココロは、弁当に使う米はいつも一定の状態とはかぎらないことから、安定した味でおいしいごはんを提供できるために、このような工夫を施している。最後に箱にくっついているごはん粒をも食べたくなる私の興奮も、ここからきているのだなあ。シウマイ弁当の至上ではないか。

おかずの構成は幕の内弁当をイメージさせるものである。これはよい。われわれは幕の内弁当に日本文化を強く意識するものだ。

鮪が塩焼きではなく、つけ焼き。いい塩梅である。その後は生姜で口内をさっぱりさせる。粋だ。甘い総菜に杏があるが、これだって、人によってはデザート気分を楽しむこともできる。すべてが、調理や素材にひねりを効かせている。見上げたものだ。

知らぬ間にそっと値上げされたと怒り出す客がいるという。野暮である。ここまで客の快適に心を注いで、その果てに千円以下の弁当に仕上げているとは、感動する以外になにがあるというのだ。

ちなみに、「崎陽」とは長崎の漢語読みとか。初代が長崎出身だった。伊勢屋とか越後屋とかみたいな、ね。

ミート矢澤のステーキ弁当など、庶民性を逸脱しているようなものもあるが、弁当というものは、その簡便性から発想をスタートさせるもの。小ぶりでなくては始まらない。ここが粋の原点である。だから、豪勢でもなく、高価でもなく、昔から変わらない、しっかりまとまったもの、新鮮で、どこでも味がそんなに変わらないものを至上としたいものである。九鬼周造が生きていたら、「いき」の具現例にシウマイ弁当を取り上げていたことだろうな。

祝儀の切り方と義理場

下町は、緻密な人間関係に基づいた社会だ。うまく機能していれば、弱者も救われる。義理事や義理場は、野暮にならないためには、多少の勉強も必要となる。めんどうくさくはあるのだが、私は嫌いではない。かえって、人間関係をよくすることもあるし、修復できることもある。おどおどしてはいけない。堂々と対応することが大切なことだと思う。

『おけら』では、長屋の人間関係を含めた、義理人情に基づいた密な関係性の維持がつねに求められている。私はそれを基本に描いている。現代社会で生きている私自身の感覚と価値基準で描いている。古代社会は知らず、江戸時代の人々のそれは変わるものではない。

要は「人間力」の問題だろう。めんどうくさい、と言って遮断してしまえば、それっきりだ。その後の生活は窮屈となり、うるおいが消える。広がりも生まれなくなる。やはり、よりよい生活には、うるおい、広がりが大切だ。

二十年ほど前のこと。私が連載する雑誌の担当編集者Yの厳父が亡くなったと連絡が入った。私にまで持ち込むような訃報ではなかろうに、とは思った。彼の父君と会ったこともないし。

彼とはまだ半年ほどのつきあいだったろうか。行くべきか行かざるべきか、微妙なところではあったのだが。そういうときは行こう、というのが私の行動基準だ。

葬祭会場は下町のはずれ。夕方、仕事を早めに切り上げ、愛車で向かった。

焼香後、帰ろうとする私を呼び止めた彼は、とても意外そうな表情で私を見つめていた。感謝の前に驚きが先に出ていたようだった。私のほうこそ驚いた。「こいつ、人間力弱いな」と。粋じゃねえや。

義理事とは少し異なるが、私は、外出の際はいつも白いポチ袋を仕込んでおく。ドンキで購入したやつ。使う場面などそうそうあるものでもないが、いざという局面で恥をかかないためだし、相手に恥をかかせないためでもある。

粋なスタイルはたまにはマメでもあることだ。

『おけら』創作の動機

『おけら』を書くきっかけはなんだったのか。

よく聞かれる。それは簡単なことだ。

本書で何度も述べてきたことだが、友達で「品行悪いけど、品性は悪くない」という人がいたら楽しいなだろうな、というのが執筆動機だったのだ。

そんな人が登場する小説は書けないものか。

あるとき、そんな思いがふとよぎった。

でも、現代社会はどんどんデジタル化して、世知辛くなっているから難しそうだ。ならば、時代小説ではどうか。うん、これだ。

人間にはいろんな「たち」の人がいるものだが、「品行よくて、品性もよい」人は優等生じみてて、なんだかおもしろくもなんともない。けむったいだけだ。

「品行悪くて、品性も悪い」人はどうか。これはひどい。ただのピカレスクか。詩情もへったくれもない。グロテスクな悲劇向けだな。私には不向き。やめとこう。「品行悪いけど、品性悪くない」人。ほおお、これは私じゃないか。これでいこう。こんな人たちがたくさん登場する小説があったら、読んでみたい気持ちになる。だって、「品行悪いけど、品性悪くない」人がそこにもあそこにもいたら、ふくよかな世間じゃないか。これがよいな。

私は漫才作家だったのだから、会話が圧倒的に多い小説にしてみよう。しかも、全編笑えるやつに。

そんな時代小説はいままでになかったはずだ。剣豪とか岡っ引きとか料理人とか盗賊とか。私からすれば、そこらへんにいない人たちばっかりだ。ふつうの人を描いてみたい。時代劇だったら、剣豪の周りにいつも取り巻いている軽っ調子の連中。こいつらを主人公にさせよう。ということは、長屋か。おお、私は落語を相当慣れ親しんでいるわけだから、いけるかも。

志ん生や志ん朝なんかも素材に使えるな。これまでも人情ものはあったろうが、ここまでくだらないことを連発して「滑稽よね」というのではなくて、やることなすこと、これすべて爆笑の連発でいこう。「よくやるよ」みたいな読後感が出せれば冥利だな。

ある種、落語と同じで、落語家がしゃべっているのを聴いて映像化するのと同じようなことを、小説でもできるはずだろうな。

そういう点では地の文を極力減らしていくことは肝要だ。私自身は、会話を書いたほうがおもしろいと思うし。会話中心の土俵に持ち込んだなら、ほかのあまたひしめく作家先生方にも、たぶん負けないだろうと思った。

あ、そうだ。若い頃シビれた映画『マッシュ』。あの二人の医者。朝鮮戦争下の米陸軍移動外科病院に配属されたホークアイとデュークだ。ドナルド・サザーランドとトム・スケリットが演じていた。あんなふざけたかんじのコンビをこさえてみよう。わくわくしてきたぞ。

大好きだった『ブルース・ブラザーズ』のコンビも。ジョリエットとエルウッドの兄弟。ジョン・ベルーシとダン・エイクロイドが演じていた、あれだ。使いたい。うーん、どうだろう。使えるかな。

私が生涯至高の作品と称賛している映画、『サウンドオブミュージック』。今でも人知れず見ているこの作品。いいよなあ。あのブリギッタみたいなかわいい女の子、あのキャラクターをどこかで使ってみたいな。

という具合に、湧き出る泉のごとく、浪越徳治郎のごとくに、頭を絞り出せばいくらでも出てくるものだ。おお、とめどない素材の群れ。

思い返せば、私のこれまでのキャリアを駆使すれば、ものすごい小説が書けるかもしれないな。などと思わなければ、小説なんぞは書けないのだ。

まあ、私が書く小説は逆立ちしても文芸作品なんかではないわけだから、藤沢周平の本を読んでいて季節感が手に取るようにわかるとか、そんなものは放棄しちまおう。そんなのはどうでもいい。捨てた。はっきり言って、賞とかなんかには無縁の小説でもかまわない。そんなのどうでもいいし。賞金はほしいけど。

今の時代は苛烈を極めている。

核家族化が進んで、かかわりがなくなった。おせっかいが消えた。あこがれとか親しみとか、そんなふつうの感情も消えそうだ。田舎では近所つきあいがめんどうくさい。都会のマンション生活なら完全に独立できる。そんなふうに生活からふつうの感情がどんどん削られていく。「でも、それじゃつまんないよね」というのが、現代人なんじゃないかと思うのだ。ならば、「もっとちゃんと生きようよ」というのが、私の根底に漂う思いだ。

江戸時代はエコスタイル

『本所おけら長屋』について、もう少し述べてみたくなってきた。ほれ、ページも終わりに近づいてきたでしょう。もう少しで終わるので、おつきあいください。

これは、江戸中期から後期にかけての長屋の人情ものである。明確に、安永期だと文化文政期だとかとは、記していない。

それでも、まあ、おおざっぱに、江戸後期、十九世紀の初頭あたりがちょうどよいだろうか、と思っている。

この時代に、現代のわれわれの生活の基本ができ上がってきたといわれているから。

たとえば漁業。

十八世紀中頃に漁法が変わった。その結果、江戸湾に大量に魚が揚がるようになった。これまではお侍だけが食べるものだった魚を庶民も口にできるようになってきた。江戸前が身近になったわけ。

となると、鮨ができる。てんぷらのネタが増える。そばのバリエーションも広がる。ひょっとしたはずみで鰻丼もできてしまった。

こんなふうに、彼らは今と同じようなものを食べていたわけだ。登場する人物の言動も、われわれと違和感はないのだろうと思っている。

とはいえ、風景が違う。環境が違う。制度も違っている。

あの頃の人々は、今よりも心が豊かだった。

町人は長屋に、四畳半に家族四人で住んでいる。部屋にはなにもない。江戸は火事が前提となる町だから、新陳代謝の激しい町だから、宵越しの金はもたないのだ。

先述の「江戸者の生れそこない金を溜め」という川柳の眼目は、金にこだわるのは野暮だ、ということだ。必然的に金をもたない生活を強いられるのだから。

江戸の人が金を貯めないのは明解である。家が火事で燃えてしまう可能性が濃厚だからだ。いつもその危険性と背中合わせの生活なのだ。

江戸の町人は職人の町といえる。腕さえあれば、どこでもやっていける。金を貯めるなどというのは、江戸っ子の恥となる。

そんなわけで、「ものをもたない」というエコなスタイルが普通に繰り返されることになる。

江戸時代を通して、エコが確立されていたのだ。それでやっていける、ということなのである。

現代のわれわれの生活を振り返れば、人間は豊かになると、ものを持ちたくなるし、奢侈な品が欲しくなる。それが通り相場。テレビをかけていても、商品のＣＭばかりが流れてくる。消費が当たり前でしょう、と言わんばかりの風潮である。

ひるがえって、江戸の住人たちはどうだったか。

こちらのほうが、はるかに心が豊かだったのではないかと思える。

たとえば、四季の過ごし方について。

夏をどう乗り切るか。

目で金魚を見て、風鈴で音を聴いて、涼しくなる。

江戸の屋敷は、全部ふすまになっていて、どこからでも風が通る。

軒下があって、風が通る。

いいもんだなあ。

紙と木と土で工夫された住居だったのだから。そこでさらにいろんな工夫をしていけば、日本人の生活は豊かになるだろうな。

夢が一つかなうならば、文化文政時代に生まれたかった、と思う。

そりゃあ、たいへんなこともいっぱいあるだろうが、町人として、今よりも心が豊かな生活が送れるな、というかんじがするのだ。そして、ぜひとも、吉原《なか》にあがってみたいもんだ。

江戸の価値基準

何度も述べてきたが、終わりが近づいてきたから、みなさんが忘れないよう、さらにしつこく語りたい。

江戸っ子の特徴は、善悪を、つまり、いいか悪いかの判断を「粋か、野暮か」という基準で決めた。

江戸っ子は、野暮といわれるのをいちばん嫌ったのだ。万死に値することなのだと思う。

たとえば、吉原遊郭の話から考えてみよう。

吉原の角海老《かどえび》楼とかに一回あがっても、なにかするわけではなかった。一度目は面通しで終わり。二度目はなんだかだとしきたりがあって、儀式に終始してしまう。「おれは金を払っているのに、なんだこれは」なんて言ったら、これはもう、野暮の骨頂もいいところ。ばかにされて、はい終わり。

江戸っ子は、一度、懐から金を出したら、ぜったい下げない。「文七元結」で見てきた通りである。

粋といわれるにはなにが必要かというと、これはもう「やせがまん」に尽きる。ここでなんとか生きていくには、どうしても「やせがまん」しないと生きていけないものなのだ。

さて、現代はどうか。

これはもう、世の中は、そうじゃなくなってきている。世知辛いし、ある意味では非情にできている。その結果、味気ない。

われわれの父祖がふつうにもっていた美徳ともいえる、とても大切な美意識が忘れ去られていく。そのことは大変悲しいことだなと思う。『おけら』を読んでくれた人が、そんなことを思い出してくれたらと思う。

「品行」と「品性」のバランス

『おけら』にはテーマがある。「人間には品行と品性がある」ということである。改めて、このことについて述べてみたい。重複しますが。

品行が悪いのはどういう人かというと、酒癖が悪いとか、度重なる浮気が発覚して、奥さんに逃げられたとか、これは品行が悪い人のこと。

人をだましたり、裏切ったり、貶めたり、人の手柄を横取りするような人、これは品性が悪いということになる。

では、どういう友達がいいかというと、品行が悪くて、品性も悪い人って、とてもつき合えるものではない。

ならば、品行がよくて、品性もよい人。これはどうだろう。安心だ、という人もいるだろうが、石部金吉《いしべきんきち》のタイプだ。友達になってもぜんぜんおもしろくはないと思う。

友達になって一番おもしろい人は、品行が悪いけど、品性はよい人。こういう人がいい。ぜひおすすめする。

酒飲んで、ばくちもするし、「あいつ、どうしようもないな」と思うけれど、人を裏切ったり、貶めたり、えげつないことは絶対しない人。

これは品性がいい人だ。章の冒頭に戻るが、私、畠山健二は、品行が悪くて、品性がよい人間をめざしているのだ。これこそ、「志ん生」ではないだろうか。

『おけら』には、そんな人間がいろいろ出てくる。

自分で書いていて言うのも変な話ではあるが、読んでいて泣けるのだ。志ん朝も見飽きた夜更け、一人静かに書斎で読み返してみることがある。ぐっとくる。がまんできずにうるうるとくる。悪くない。

現代社会では、この価値観がどうも逆転しているように見える。

品行はいいのに、品性が悪い。

あえていえば、「文春砲」みたいなやつだろうか。

浮気をするのは品行が悪い。しかし、それを暴くのは品性が悪い。浮気したことで社会に多大な損失を与えるわけでもないし、文春にはなんの関係もないのだから。そっとしておけばよいのではないか。世の中どこにでもある話だろう。人間は聖人君子ではないのだから。文春編集部の中でだっていろいろあるだろうに、きっと。浮気Gメンみたいな行為はいかがなものか。

少しでも品行の悪い人を多くして、品性の悪い人を少なくする。こうなると、世の中が楽しくなるものだろう。

一見、品行が悪い人、でも裏切らない、そんな人とのつき合いは、すこぶる楽しいと思うのだが。いよいよもって週刊誌も売れなくなってきて、仕方がないのだろうか。そのエネルギーをもう少し別の方面に向けてほしいものである。『おけら』を読んで、その砲熱を少し冷ましてはいかがだろうか。この国で生活する一人として、そう思う。

おけら長屋には、一人、知的障害をもった人がいる。

この人を巡って、長屋の住人たちがどうやって、共存していくのか、というのも一つのテーマになっている。

つまり、疎外しない、仲間に入れて、仲間外れにはしない。これこそが本当の優しさではないか、と思うのだが。

誤解を恐れず言えば、人間として八割くらいちゃんとしていれば、よいではないだろうか、と私は思っている。完璧な百を求めてもろくなことないだろう。そんな人、おもしろくもなんともない。

ことばだけではない

私はアナログな人間だ。

このデジタル万能のような時代に、あえて抗っている。必ずしもデジタル嫌いでもないのだが。

原稿はパソコンで打ち込んでいるし、メールのやり取りもできるし、編集部からのチェックもデジタル上で赤字を入れられる。デジタルは便利である。われわれの生活をさまざまな形で便利にしてくれている。

だが、これだけではどうしても物足りない。

たとえば、「プロポーズ」について。

女性はどんな言葉でプロポーズされたいのか。文章で書かれたような言葉で言われても感動しないだろう。

そうではなく「いっしょになってほしい」と、自分のことばでバシッと言う。志ん朝のメリハリみたいなものかもしれないな。

ふつうとは違う調子で、ガツンと言うと、相手の心に響くものだ。そういう緩急が大切なのだ。

男性がプロポーズしている最中に、「それで何が言いたいの？」と女性が言う。よくあることだ。

男性は反省しなければならない。それは言葉が生きてない、ということだから。思いが通じてないのだ。思いは通じさせなければならない。ここからが肝心だ。表現の戦術を工夫するのだ。

たとえば、ことばだけでない。

「ニューステーション」というテレビ番組で久米宏さんがよく使った手法がある。

事件があった時、コメントを言わず、ペンをぽんと投げる。「あ～あ」と。

あきれた、という気持ちが視聴者に伝わっていた。文章形式にものを言っても人に伝わらないことを、彼は知っているのだ。

たっぷりのアナログだろう。

力をあわせて

最後に、『おけら』での苦労話を少々。

「この本、売りたいんです」と自分のことばで訴える。相手に熱意を見せるということ。自分の本気を伝えるということ。文章形式でものを言っても伝わらない。飾らないで伝える、ということなんだろうな。

『おけら』の第一巻を書いた時に、編集部の会議で通らなかった。

それでも、編集者が「絶対に売れます」という熱意を示してくれた。それで出版できた。

一冊の本を作るのは、編集者の頑張りである。出版社ではない。作家は編集者とタックを組んでいく。編集者、作家、出版社に営業マン、宣伝マンなど。多くの人の好意と熱意で形が作られていく。

その人たちが全員、「チームおけら」なのだと思っている。この本は自分たちが作っているんだという一体感。当事者としての熱い意識。

私は毎年十二月に、この人たちを呼んで、私が主催する忘年会がある。「来年の目標は○万部までいきましょう、エイエイオー」みたいなことをしている。これもたっぷりのアナログだ。

「この本が売れたのは自分もかかわっているからだ」と思ってもらえるようにすることが、作家の務めだと思っている。

昔の青春ドラマのように、密に相談し、人間関係も築いてやっている。『おけら』にかかわった人たち一人一人が、この本にかかわっているのだ。「本が売れたのは自分がかかわったからだ」という思いで。

熱意に呼応するように、多くの人たちがこの本を売ってくれる。営業の人が、自腹で五冊くらいいつも持ち歩いて、マッサージに行ったりする。

「お仕事、なにしてるんですか」

「こういう仕事している。時代小説読む？」

「読んだことないです」

「ぜひ読んでみて。おもしろいですよ」

すかさず一冊プレゼント。すると二巻目、三巻目と買ってくれるようになる。そう信じて、応援してくれるのだ。

こういう人といっしょに仕事をしていくのは、本当に大切なことだ。「おれたちはチームおけらなんだ」となると、ほんとにいいチームができてくる。

一杯飲むとなっても、いまでは出版社も厳しいのでお金が出ない。編集者も厳しい。しかし、そこは、なんとかいろいろ考えて、センベロでも角打ちでも安いところで人間関係を作って深めていくことが大切だなと思っている。

あとがき

気がつくと還暦を過ぎていた。早いなあ。友人たちは、やれ定年だ、年金だとささやきだす。そんな歳だってことか。

本書でも恥をさらしてきたが、私の人生、何かに打ち込んだとか、死ぬ気でやったとかいえることがひとつもない。落ちるはずのない中学を受験し、そのまま高校に上がり、勉強はせず、授業には出ず、推薦で入れる大学を探し、実家の会社に就職した。世間にありがちなバカ息子の典型だ。

自慢なのか、汗顔なのか定かではないが、考え方、価値観など、高校生の頃からまったく変わっていない。進歩がないというべきかもしれないが。私はそれを誇りにしている。

少年の心をもったオッサンなのだから。

その真骨頂が笑いなのだろう。物心ついた頃から、すべてのことにおいて〝笑い〟を優先してきた。そ、そうか。打ち込んできたことがあったではないか。〝笑い〟ってやつが。

五十歳を過ぎてから小説を書くチャンスをいただいた。人生の最後に勝負する機会を与えられたような気がした。その勝負とは、世間に対するものではなく、誰かに対するものでもない。おのれに対してだ。五十年の放蕩生活が意味のあるものだと思いたかった。自分はこのために道楽人生を歩んできたのだと納得したかった。それなら、笑いは私の小説の武器になるだろう。

小説を書くのはつらい。夜は眠れず身もだえし、頭を抱えて、血の小便は出る。まあ、いいか。人生の最後にちょいと苦しい思いをするのも乙ってもんでしょう。

『本所おけら長屋』の前に、四冊の本を上梓しているが、重版になったことは一度もない。一度くらいは重版作品を書いて死にたいと思った。だから必死に書いて、必死に売った。書店を行脚しまくった。まさか百万部を超えるシリーズになるとは夢にも思わなかったけど。

本書は廣済堂出版さんからお声をかけていただき上梓することになった。私の人生そのままに滅茶苦茶な本だ。脈絡もなきゃ、まとまりもない戯言の集大成。こんなことが許されるのだろうか。でも、あちこちに生きる術みたいなものが散りばめられているような気もするので、ご勘弁を。

しかし、粋と野暮を紙上で語るなんざ、最後にやっちまったよなあ。とんだ野暮天を。

畠山健二（はたけやま　けんじ）

1957年、東京都目黒区生まれ。墨田区本所育ち。演芸の台本執筆や演出、週刊誌のコラム連載、ものかき塾での講師まで精力的に活動する。著書に『下町のオキテ』（講談社文庫）、『下町呑んだくれグルメ道』（河出文庫）、『超入門！江戸を楽しむ古典落語』（PHP文庫）など多数。2012年、『スプラッシュマンション』（PHP研究所）で小説家デビュー。文庫書き下ろし時代小説『本所おけら長屋』（PHP文芸文庫）が好評を博し、100万部を突破する人気シリーズとなる。

編集協力　古木 優
校正　　　皆川 秀

粋と野暮　おけら的人生

二〇一九年八月一三日　第一版第一刷

著　者　畠山健二
発行者　後藤高志
発行所　株式会社 廣済堂出版
〒一〇一－〇〇五二
東京都千代田区神田小川町二－三－十三 M&Cビル七階
電　話　〇三－六七〇三－〇九六四（編集）
　　　　〇三－六七〇三－〇九六二（販売）
F A X　〇三－六七〇三－〇九六三（販売）
振　替　〇〇一八〇－〇－一六四一三七
U R L　http://www.kosaido-pub.co.jp
印刷所・製本所　株式会社 廣済堂

JASRAC 出 1907461-901
　ISBN978-4-331-52248-6　C0095